KYOMU
虚無

大島ケンスケ
OHSHIMA KENSUKE

Clover
クローバー出版

KYOMU

虚無

目次

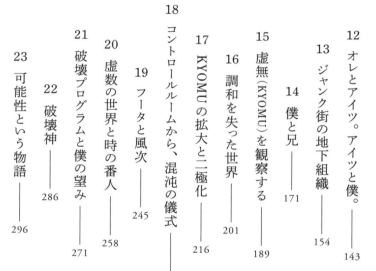

1——東京、2036年

僕は分厚いコートに首を埋めるような格好をして電車を待っていた。

他にやる事がないので、ただ真っ白な雪の積もった新宿駅のホームをぼんやりと眺めていた。

除雪車が足りていないせいで、電車はまた遅延しそうだ。なのに僕の後ろにもすでにホームに入りきらないほどの人々が電車を待っていて、僕はこの場から今更離れるわけにもいかず、寒さに耐えながら、時々、サイズの合ってないブーツに突っ込まれた足を持ち上げたり、爪先立ちしたりさせて、少しでも体温を下げないように気を配った。

僕のすぐ斜め前で、軍の若い男が、みじろぎ一つせずに立っているが、訓練すると寒さにも強くなるのだろうか？　多分、僕と同じくらいの年齢だろうけど、軍の丈夫そうなジャケットを着込んでいてもわかる、彼の屈強な肉体がうらやましくなった。

僕も彼と同じく政府関連の人間だけど、あくまでも僕はデジタル部門であり、プログラマーだから、軍部とはまったく関係のない人生だ。

（僕はこの分だと、バーチャル世界『Kyu-KyoKu《きゅうきょく》』へ入るしか道はなさそうだ……。せめてカオルコはフレンズの入植チームへ入って欲しい）

僕は軍の男をぼんやり眺めながら、そんな事を考えた。

カオルコは僕の恋人だ。僕の最愛のパートナーであり、理解者だ。彼女との付き合いはもう7、8年になる。

僕は政府中枢機関で働きながらも、政府とは方針の異なる精神覚醒団体『宗教法人フレンズ・ジャパン』に入信して数年経つ。

世界中の人と「Friends（友達）」に、という教義を柱に、特定の崇拝する神や教祖はなく、愛と平和とスピリチュアリティの団体で、今や世界中に信者がいる。不安定な時代だからこそ、精神的な支えが欲しいのだ。

しかし、今日の適正検査の結果、僕は全身の筋肉量や心肺機能が男性平均値より低いので、フレンズの入植者グループに選ばれる可能性はほぼ0％という結果が出た。

ここ一年、体を鍛えようとしたけど、如何せん今は国民全員が慢性的な栄養失調だ。鍛えようにも栄養不足なのだ。そしてさらに僕には精神的にも「不安症」という診断も下された。

不安症？　こんな時代に不安のない人間がいるのだろうか？　地球にもはや希望はほとんど残されていないのに。

でもカオルコは健康的な20代の女性であり、フレンズの教義もよく守り、なんと言っても彼女の父親が入植者リーダーに選ばれるほどの熱心な信者であり、フレンズ・ジャパンの東京教会の幹部なのだ。

ようやく電車が来た。電車が来た時にそれなりに車内は混み合っていたが、新宿駅で一斉に人が乗り込み、すぐに超満員になった。さっきまでは寒かったが、この分ではすぐに汗ばみそうだと思った。

僕は車内の中ほどに押し込められたけど、ドア付近ではもっと押せとか、奥へ詰めろだの邪魔だの、怒声が飛び交った。

しかし騒がしい車内に向かって軍の男が「次の電車を待て」と大きな声で言い、それで騒ぎはあっという間に収まり、ドアが閉まった。軍に逆らうと、射殺されても文句は言えないのだ。しかし、この手のことはもう僕も見飽きている。実際に射殺された人たちを何度も見ている。そんなことに逐一感情を荒らげていては身が持たない。だから何も感じなくなった。

感情はともかく、とにかく今は腹が減った。それははっきりとわかる。そこは麻痺できないらしい。

家には、先週配給された米はもうなくなっていたけど、たんぱく合成肉とプロテインの乾パンがまだ残っていたはずだ。フレンズの支部から送られてきたドライフルーツも少しは残っていた。

例によって政府の配給も遅れている。次の配給がいつになるかわからないから、大事に食べなければ。

僕の住む三鷹駅まで、大雪のために電車は新宿を出てからもずっと徐行運転を繰り返し、かなりの時間がかかりそうだった。

周りの人たちの多くは、狭い車内で手の平サイズの端末をぼんやりとした顔つきで眺めている。今は実写化の映像作品が世に出ることはほとんどなく、流行っているのは漫画アニメーションだ。

僕は漫画やアニメを観る気も起きず、満員電車の蒸し暑い車内で、立ったままでウトウトとした。最近、やけに眠い。この頃、いつもおかしな夢を見るせいで、睡眠不足なのかもしれない。

2　トーキョー・シティ2221年

それはいつも「無」から始まる。

無、というのは何もないのだ。〝真っ暗〟とか〝何もない〟ということすら「無い」のだ。だから「無い」を言葉では表現はできない。そもそれを言葉やイメージした時点で、それは「無」ではない。

あるのは「無い」という圧倒的な事実だけ。その事実を表現する以前に、認識する意識すらない。

しかし、ふとそこで「無い」ということを認識する瞬間が訪れた。

ただし、認識したのが〝オレ〟なのかもわからない。まだ「自分」という概念はない。ただの〝意識〟だった。

意識は何かの弾みで、こんなことに気づく。

なにも無いは、「すべてが有る」と同義語だと知る。なぜなら境目がない、たった一つの「在る」なのだ。世界は〝無い〟と〝有る〟が同時に存在している。そしてさらにこんな疑問が生まれる。

（それを認識しているのは誰だ？）

無と有。そしてそれを気づいている〝意識〟の三つが、この世界だった。

しかし意識はすぐに、それらの正体を知りたいという、初めての「欲求」が生まれた。そう、その意識はこの世界を「知りたい」と思ったのだ。

その直後に様々な幾何学模様の図形が見える。色はない。そもそも色という概念すらない。ただの記号のようなものだった。

その図形が世界中に溢れ、空間が生まれ、時間が生まれ、光が生まれた。その光は小さな粒子だった。そしてその粒子は空間の中でくっつき合う。時に激しくぶつかりながら熱を放ち、その熱からまた別の粒子が弾け飛んで、それがまた融合して光を放つ。

その光は〝音のない音〟であった。空気の振動の音ではなくて、もっと根源的な、音が生まれる前の波動。

光と波動は引き寄せ合い、くっつき合いながら『物質』になった。物質はまた物質同士引き合い、さらに熱と光を撒き散らしながら、どんどん増え続けた。世界は膨張し続けた……。

細長い黒い線が、目の前にあった。

それを「縦の線」だと認識するのには、多少タイムラグがある。オレは初めてそこで世界には上と下があって、縦と横がある事を認識する。

「……ねぇ……ねえ？　大丈夫？」

それが声だと理解するのに、またしばらく時間がかかる。

「起きて？」

女の声。そして彼女の手がオレの肩に触れている。

細長い黒い線は黒い円の中にあった。その黒い円は、薄緑がかった、なんとも呼べない淡い色のガラスのような球体の中に浮かんでいた。

黒い線を浮かべた球体はオレの視界から消える。焦点が突然狂ったかと思うと、一気に拡張し全体像が目に入った。

猫が、オレの目の前からさっと素早い身のこなしをして立ち去ったのが見えた。茶トラの尻尾の短い猫だった。

（猫？）黒い線は、猫の目だったと理解する。

「ねえってば？　また寝ぼけてるの？　おーい？」

そしてこの声の主は、この触れている手の持ち主は……。

何かを思い出しそうになる。とても大切な誰かを、オレは失いたくないと思っている……。

そこでオレの視線がユナの瞳を捉えた。

（違う）

と漠然と思う。オレが求めていたのは、ユナではなかった……。

（じゃあ、誰を失いたくないと思っていたのだ？）

と自問しても、それはわからない。

「起きた？」

ユナが尋ねる。彼女は青みがかった目をしている。その目が特徴的で、オレは気に入っていた。そう、彼女のことは好きだ。

「ああ、わりぃ……。うとうとしてた、らしい……」

オレはぼんやりと、そう答える。

「もうっ」ユナはふてくされたような顔をした。

「最近のフータ、ぼおっとすること多くない？　具合悪いなら一度病院行ったら？」

「大丈夫だよ」

と言ったが、本当に大丈夫なのかよくわからない。

オレは車の中にいた。

ユナがトーキョー・シティのHARAJUKU《ハラジュク》エリアのショップで買い物をしたいと言うので、車でやって来たのだ。

テレポート・ステーションを使わずに、オレは車で移動するのが好きだ。そのために車両使用税を払っている。

しかし、3軒目に寄ったショップには駐車場がなかったので、オレは店の前で待ってることにしたのだ。だがそこら一帯は地上車の駐車禁止エリアだったので、店から数十メートル離れた場所に移動して、車の中でユナの買い物が終わるのを待っていた。

タブレット端末を使ってソーシャルメディアで仲間の近況を覗き、その後は最近ハマっているアニメーション漫画を読んでいたら、そのままウトウトとしてしまったようだ。そして目が覚めたら、ボンネットの上に猫がいたのだ。野良猫がいるなんて珍しい。いや、どこかの飼い猫が逃げ出したのだろうか？

「猫がいたな」

オレがそうつぶやくと、

「え？　ネコちゃん？　どこどこ？」

と、ユナは周りを見渡す。もうどこかに行ってしまったようだ。

猫と目が合った。猫と目が合って、眠ったのか？　それとも、眠っていて、目が覚める時に目が合ったのか？　しかしどちらにしろ、目が覚める時に見た、不思議な幾何学模様の海……。

この頃、夜寝ていても妙な感覚になる。寒い、という感覚をよく感じたり、不安になったりする。もちろん、部屋は完璧に温度調整されているし、オレの住む居住エリアは今は春の設定だ。しかし、寝ていると、まるで違う世界にいるような気がするのだ。

だがその理由はわかっている。〝夢〟を見ているのだ。

真っ白い雪が降り積もる街並みが見えた。

そこはこのトーキョー・シティではない。ずいぶん古い街並みの映像だった。何かの記録動画で見た事がある。

かつて地球規模の気候変動で短期的氷河時代に入り、海面は5メートル下がり、世界中が異常気象と大寒波に包まれた。日本は沖縄と九州南部を除いて寒帯になった。

その時代の景色、なのだろうか？　オレはそこで分厚いコートを着込み、同じような格好をした人々に混じり、電車に乗っていた。そんな夢を見たのだが、その夢はいつも見ている〝夢の続き〟だった。はっきりと覚えている。今まではいつも、感覚の一部を残して、映像や音声などの記憶は大半を忘れていた。しかし、今日は鮮明に覚えている。目覚めてからも、しばらくは自分がどこにいるのかわからず、一瞬混乱したくらいだ。

「見て見て。たくさん買ったよ」

ユナは買い物した袋をオレに見せて、嬉しそうに笑った。

「ずいぶん買ったな」

オレは興味なさげに言った。いつものことだ。ユナの浪費癖は付き合いきれない。

「セールだったんだ。あ、でも今月の報酬ほとんど使っちゃった」

後部座席に買った荷物を置きながら、ユナはイタズラをした後の子供のような顔をした。

「まあ、また気が向いたらワークすればいいさ。オレだって車のためだけにワークで稼ぎに行ってるようなもんだ」

ワーク。つまり仕事というのは義務ではなくて、必要以上に欲しいものがあるときにするだけだ。基本的に最低限の食事や生活費は支給されるし、住居はすべて公営だ。ただオレはじっとしていると体が鈍るのと、車の税金と維持費がバカにならないので、週に3日、荒野地帯のパトロールのワークをしている。

地球上にはまだ、過去のロボット大戦で放置された、破壊兵器を搭載したロボットがうろついている地区があるのだ。軍隊は協定で防衛以外の任務は行わないので、荒野地帯は軍が管理しているとはいえ、そこでのトラブルは民間団体が請け負っている。非常に危険な仕事だが、その分給料は良い。そして、そこにはこの平和な時代では味わえないリアルなスリルもある。バーチャルゲームでそれを求める連中が多いが、オレはそんなもので満足できない。

「カフェでも行こうよ」

ユナがそう言うので、オレは車を出して行きつけのカフェに向かった。腹は減っていないが、そろそろカフェインが欲しくなった。


西暦２２２１年。オレたちはトーキョー・シティに暮らしている。地球環境は人工知能によって組まれたシステムで気象をコントロールされ、我々も永久エネルギーの下で、豊かに暮らしている。

しかし、21世紀初頭には、人類は一度滅びかけた。ウイルスと薬害パニックで数億人が亡くなり、その後、旧チャイナとインド、旧パキスタンで核戦争が起きた。人口過密地帯だったので、数十億人が灰になり、そして氷河期の到来により、北アメリカ、ヨーロッパの文明圏が氷に閉ざされた。また、フランスで原発事故が起こり、その影響で深刻な海洋汚染が起きた。

だがその後人類は再び立ち上がり、新たな文明を築いている。

世界は一つの政府に統一され、歴史上かつてない平和と繁栄の中にいる。

さっき見た夢は、21世紀初頭から中盤の、氷河期の初め頃だろうか？　となると2030年頃。やけにリアルな夢だったが、あんな記憶はどこで見たのだろう。映画か歴史の授業で見たのかもしれない。

いや、しかしそもそも『夢を見る』ということ自体がかなり珍しいことだ。昔の人は皆夢を見たらしいが、今の時代、ほとんどの人は夢を見ない。脳が安定化し、睡眠の質が良くなったからだと言われている。

つまりオレは少し変わった体質なのだ。夢を見ることを公にすると検査され、あまりにひどいとどこかの施設に入れられると噂があるので、オレは自分が夢を見る体質だということはほとんど誰にも話していない。

「あ、やっぱさ、アニマル・カフェいかない？」

ユナが突然そんな事を言い出した。すぐに気分で行く先を変える。

「そうだな……」

ハンドルを握りながら、ほんの少しだけ考え「たまにはいいな」と、思ったまま口にした。

ドライブをオート・モードにして、その間にナビを設定し直す。少し遠いがアニマル・カフェは面白い。自然界では絶滅したはずのいろんな野生動物を見ながら食事ができる。

それだけで癒される、若者に人気のスポットだ。

再び車をマニュアルに戻し、ハンドルを切る。自分の意志でマシンを動かす感覚が好きだ。

路上を走る車は店舗への配送用の商業車以外ほとんど見かけないので、マニュアル・モードでも楽に運転できる。

オレの車は旧型の地磁気反応型で、地面の上40センチ程度しか浮くことができない。スピードも時速120キロが限界だろう。

今は反重力型の空中を飛ぶ飛行車が主流だ。スカイロードは税金も安い。しかしオレはこうしてあえて道路を走るのが好きなのだ。通行税は高いし、オート・ドライブではなく、マニュアル・ドライブモードもさらに税金がかかる。自動運転にした方が圧倒的に安全だからだ。

ユナに言わせれば時間とお金の無駄なのだが、あくまでもオレの好みなのだ。本当はさらに税金が高くつくが、クラシックタイプの車輪走行の車に乗りたい。一度、アトラクションで乗せてもらった事があるが、車輪が大地を踏み締める感触が最高だった。

アニマル・カフェに着いた。駐車場に車を預け、店内に入る。店内には犬や猫、ウサギなんかの小動物は放し飼いだ。オレはライオン用の餌も買って、コーヒーを飲みながら電磁ガラスの向こうのライオンに餌を与える。夢中で餌を食う動物を見ていると、それだけでとても和む。生きている、という実感のようなものを感じる。自分が飯を食うより、動物の姿を見てる方が面白いと感じる時さえある。平和すぎる世界に、どこか退屈を感じているのかもしれない。

「そういえば、また出たって。例のヤツ」

ユナがパフェを食べながら話し始めた。

「トーキョーでも増えてきたらしいな。そろそろ政府も本腰を入れて動き出すかもな」

勇ましい雄のライオンが、もっと餌を欲しそうにこちらを眺めている姿をぼんやり見ながらオレは答えた。

「怖いよねぇ。感染したら絶対治らないんでしょ?」

トーキョーではまだ100件未満だが、原因不明の病気が海外から広がりつつある。ウイルス性の奇病で、そのウイルスに感染すると手足が無くなったり、後頭部とか体の一部が無くなっていくそうだ。

そしてやがて全身が消えてしまうという。

壊疽《えそ》で失うのではない。純粋に「消えて無くなる」のだ。無くなった断面図が人体模型図の標本のようにくっきりと残るほど、腕とか肩とか、膝下とか内臓が消えてしまうという恐ろしい病気だ。治療法は見つかっていない。

政府は詳しい発表はしていないが『バーチャル・ネット』というインターネット上の仮想空間ソーシャルメディアで、患者の映像が拡散して、オレもそれを見た。

しかし、発症者は一切の痛みどころか、なんの感覚もない。自分の手が無くなったことにも気づかない有様なので、感染したこともわからないし、そもそもまだウイルス性と断定したわけではないらしい……。

科学者が名付けた「虚無病」という名前が一般人の間で広がり、そのまま謎のウイルス『KYOMU《きょむ》』と名付けられた。

「虚無、か。最後に消える瞬間、何を思うんだろうな……」

「えー？　怖いんじゃない？　死んじゃうんでしょ？」

KYOMUによって『消える』、ということは、やはり〝死ぬ〟、ということなのか……。

今の時代は病気で人が死ぬことはほとんどない。あらゆる病が治せるようになった。稀に突発的な事故で死ぬことはあるが、基本的には老衰で人は亡くなる。平均寿命は130歳を超えているが、長生きする人なら150歳くらいまで生きている老人もいる。

しかしKYOMUに関しては、いわゆる普通の死とは大きく的が外れている。

（肉体が消えて、この意識や思考も消えるのだろうか？　消えた人間は、脳波はもちろん、人間なら誰でも発している、微弱な〝意識波動〟があるのだが、それも消えてしまうのだから、やはり本当に死んだ、ということなのだろうか？）

「あ、かわいい！」

ユナの膝の上に、自由に放し飼いにされている猫が飛び乗った。猫は三毛猫だった。

「フータも触る？　すごいなつっこいネコちゃんだよ？」

三毛猫はユナの膝の上で、撫でられて喉を鳴らしている。

オレは大型動物も好きだが、猫も好きだ。気ままな感じがいい。

手を伸ばし、猫のまるい頭を撫でる。猫がこちらを向いて、オレの目を見た。少しドキッとした。また先ほどのように変な感覚に陥るのではないかと……。

しかし、三毛猫はオレの目を一瞥した後、すぐに心地良さそうに目を閉じた。

3——希望の世界、Kyu-KyoKu

ようやく三鷹の駅に着き、雪の積もる道を歩いて自宅へたどり着いた。朝は数センチ程度の積雪だったが、夕方には膝上まで積もっていた。

この10年で気候は大変動を起こし、関東地方の気候が、僕が子供の頃の北海道と変わらなくなった。そして当然、北海道は12月には氷の世界だ。今朝のニュースではマイナス30度を下回り、数名の日本人が凍死した。長年にわたって土地を買い占めてきた中国人が北海道の電気やガス、水資源を独占し、北海道にいる日本人は奴隷のような状態だと聞く。しかし、政府は何も対応しないどころか、中国北部からの移住者はどんどん北海道に増えている。しかし、北海道の方も、どんどん永久凍土が増えて、人が落ち着いて住める環境ではないらしい。

「おかえり。寒かったでしょ」

母が出迎えてくれた。玄関で僕の肩や頭に積もった雪を払い落とす。

部屋の中は外よりはもちろん格段に暖かいが、今の時間帯は計画停電により電気が止まっているので寒かった。

「あったかいお茶を入れるからね」

僕はコートを脱いだけど、マフラーは外さなかった。

「風次。最終テストはどうだった？」

母がお湯を沸かし、食事の準備をしながら尋ねる。

僕はなんと伝えるか一瞬悩んだが、正直に話した。フレンズの募集する入植者選考からは外されたと。

「そう、残念ね……」

母はそう言って手を止めて、何か言おうとしてたようだが、言葉を飲み込み、食事の準備を続けた。多分、なんと言っていいのかわからないのだろう。

「まあ、仕方ないよ」

そう、仕方ない。

「月末にKyu-KyoKuの体験会があるから、そこでまた色々考えるよ」

僕は母に心配させないように明るく言って、タブレットを開く。仕事ではKyu-KyoKuのプログラムのバグを見つけ、修正するエンジニアをやっているが、実際に自分の意識の100％を移行させたことはない。ゲーム空間のVRなら子供の頃からやってきたが、自分の肉体を離れて、意識だけの存在になる事に抵抗はある。

だからカオルコと一緒に、たとえ厳しい自然環境にしても、わずかに残された温帯の地域で、肉体を持って寿命をまっとうする方を選びたかった。

政府は国連と共に、２０４２年までに全国民の意識をバーチャル空間に送り込む『Ultimate Project Kyu-KyoKu（アルティメット・プロジェクト・究極）』を立ち上げ、人類に残された唯一の希望だと、国連は謳っている。

意識の完全データ化の仕組みが完成したのは２０２６年で、そこから人類は肉体を捨て、バーチャル世界への移行が始まった。

初期プログラムを制作したチームが構築した人工知能が、仮想空間上でどんどん世界を広げ、バーチャルの世界で新たな地球を、新たな宇宙を作るまでに至っている。政府はそこを『ultimate = Kyu-KyoKu』と名付けた。これから人々は、Kyu-KyoKuで、現在の自分をベースに作った分身の「アバター」となって生きていく。

世界宗教『フレンズ』はその道を選ばず、人間らしく、自然共存の道を唱えている。しかし、あと数十年で地球環境は人が住めなくなるというのが政府の見解だ。

母はすでにKyu-KyoKuの体験プログラムも終わり、永久アカウントを取得している。いつでもKyu-KyoKuへ意識を移行できる。しかしまだ迷っている。当然だ。意識はKyu-KyoKuへ行っても、実際の肉体は南極やアラスカにある施設の保存カプセルで約３００年間のコールドスリープに入るのだ。

意識はクラウドのビッグデータの中なので、そこには〝時間〟は存在しない。しかし肉体は地球環境が落ち着くまでの時間、厳重に保管されるのだ。

現在進行しているガイア・コントロールのプロジェクトで、大気中にバランスの良い二酸化炭素濃度と放射線量が取り戻され、ロボットたちによる植林や、海洋浄化作業で自然が回復化されるのに、最低でもそれくらいかかるのだ。そうでなければ、この星で暮らすのは過酷すぎるし、人間が近代文明を維持しながら生きているだけで環境に負荷をかけるのだ。

しかし、現時点でヨーロッパを中心に、すでにKyu-KyoKuへ移行した人は１０００万人に上り、日本人でも50万人ほど移行が完了している。

人々は今、Kyu-KyoKuへの移行の順番待ちだ。肉体の冷凍保存カプセルの生産が追いつかないのだ。

コールドスリープの優先権は若者にある。冬眠が覚めた後に、再び子孫を増やし、復興していく作業をしなければならないからだ。

もちろん老人の枠もある。ただ老人たちはコールドスリープ中にも微量だが細胞の動きはあるので、数十年で老衰する可能性があるのだ。その場合は彼らの肉体はすべて有機物として、地球緑化の養分へ合成される。

老人でなくても、肉体が何らかの理由で亡くなった場合は、Kyu-KyoKu内のアバターでも「死」を体験するプログラムとなっている。意識が無くなり、名実ともに死亡する。

ちなみに、そこでの「死」は、この現実の死とどのように違うのか、意識となった人間が死ぬとどこに行くのか？　などのことは解明されていない。ただ、データとして「削除」されるのだ。

しかしそれでも、この過酷な時代に生きるよりも、人生の最後をKyu-KyoKuの世界の中で穏やかに生きていきたいと望む人も多い。母も迷っているとはいえその一人で、僕のコネで優先的に選ばれた。

上の世代より、10代の若者の方が、Kyu-KyoKuへの移行を望む声が一番多い。意識体となって、この現実世界とまったく同じ感覚を持ちながら、ずっと若々しい体を保ち、重い病気にかかることはなく（リアルさを追求しているため、痛みがあり、風邪くらいは引くらしい）、大怪我してもすぐに治り、お金や時間や、今のような食糧難とか、気候への心配や、災害への不安もない、夢のような世界だ。

アバターの初期設定で、高齢者は現時点より最高マイナス15歳の肉体を持つ事ができる。もちろん、DNAをベースに作られるので、見た目や能力は基本的に変わらないが、社会貢献度が高ければ高いほど、諸々と好きな容姿に変更し、苦手な分野の克服など、様々な特典を設定してくれる。

体験会に行った人間は誰もが「まったく同じだ。仮想世界とは思えない」と、口を揃えて言う。誰もがそこがバーチャルだとは思えないそうだ。そしてコールドスリープされた肉体が過ごす３００年の時間とは無関係に、数十年ほどの時間感覚で意識体は生きて、その後はまるで夢から醒めるように、コールドスリープから目醒め、環境の落ち着いた温暖な地球に再び戻って来られる。そのプログラミングは完璧で、何度も臨床を重ねている。

しかし、政府は僕らに無理強いすることはない。選ぶのは、あくまでも僕ら自身だ。肉体を冬眠させ、意識体となってバーチャル世界で生きるか。

それとも氷河期の中、火山活動が活性化する地球で飢えと寒さに耐えながら、災害に怯えながら暮らすか。

そしてもう一つの選択肢が、政府の方針に真っ向から対立する、精神覚醒団体『フレンズ』に入信し、彼らの保有する南米か南インドの土地へ入植し、農業コミューンに入るかだ。

数十年間は、その地域の気候は安定し、火山活動もないと言われている。しかし、そこは当然規模が限られていて、入植するには厳しい条件がある。僕は身体能力でその選択肢は潰《つい》えたばかりだ。農業コミューンで、自給自足しながら自然環境と共存する上では、健康で丈夫な心身が不可欠なのだ。だから倍率は高く、入植率0・0001％となっている。

しかし、僕も政府機関の人間なので、気象情報や、放射能の汚染データなど、一般人より多く知っている。

太陽活動の周期や、氷河期への移行の速度、そして海洋汚染は壊滅的で、大気汚染も広がっている。廃炉した原発から、放射能などの有害物質が漏れているようだ。

なので南米や南インドの農業特区でのフレンズの活動も、気候変動とは別にしても、どれくらいもつのかわかったものではない。

つまり今の地球環境で生きるのは絶望的なのだ。実際、ここ数年は世界中で自殺者が後を絶たない。僕の歳の離れた兄も、Kyu-KyoKu初期のバーチャル・プログラミングに大きく関わった優秀なプログラマーだったが、結局どちらも選ぶ事なく、10年程前に自殺してしまった。

父も12年前に当時多かった薬害事故で亡くなっているので、それ以来ずっと母と二人暮らしだ。

「風次、あんた最近もよく眠れないのかい？」

母が乾パンと豆乳スープを運びながらそう尋ねた。今朝と同じメニューだと思ったが、スープにはすいとん団子が入っていた。

「ああ……。いや、大丈夫だよ」

母を心配させたくないからそう言ったけど、ここ最近、眠ったはずなのに寝た気がせず、朝になると妙な気怠さを感じる事が多い。夢を見ているのはわかるのだけど、あまり覚えておらず、どんな夢なのかは断片的だ。

ただ確実なのは、今とは違う世界の風景の中にいること。しかも、恐ろしくリアルで、自分がすっぽりその世界の人物になっていること。

それは僕の記憶にある景色ではない。ひょっとして何かの映画やドラマで見たのか、VRの仮想現実のゲームや、３Ｄアニメーションの作品などの記憶かと思えなくもないが、とにかく不思議な感覚であり、どうしても自分の記憶ではないという確信がある。

この頃はその世界の夢しか見ないのだ。必ずしも連続しているわけではないのだけど、大抵は夢と夢の時間は継続している。

さっき、電車の中でうたた寝した時もそうだ。コーヒーを飲みながら、今や自然界では絶滅したライオンなどの大型動物を眺めているという、不思議な光景を覚えている。猫ならカオルコが飼っているメスの三毛猫をよく見るけど、実物のライオンなんてこの目で見たことがない。

アフリカは10年ほど前から、寒冷化で住みづらくなった北ヨーロッパ地域からの難民が溢れ、食糧難になり、国家単位の紛争が各地で起こり、多くの草食動物が食肉のため乱獲された。その結果、肉食獣も消えてしまったのだ。そして残っていたわずかな森林も、家畜の飼料のために焼かれて農地にされてしまったのだが、森林が無くなると雨量が極端に減り、今や大半が砂漠化してしまっている。

この世界は絶望的なのだ。

しかし、僕はこの現実を忘れられるはずの睡眠が怖い。夢の中で、僕はまったくの別の人格として生きている。生き生きと、リアルに生きている。そのうち、僕はいなくなって、夢の世界の住人になってしまうような気がする。

4——荒野のハンティング

「おいおい、珍しいな。かなりレアものなんじゃねえか？　コレクションに持って帰りてぇくれえだ」

　ロイが望遠スコープを覗きながら言った。

「おい、オレにも見せろよ」

　オレはロイからスコープを奪い、２２００メートル先の岩場をうろうろしているロボットを見つけた。

「へぇ、モビルスーツタイプF32。確かにレアキャラだ」

　オレはスコープで拡大されたロボットを見ながら言った。手足と胴体、頭がある、ヒューマノイド型のロボット兵器。元は人間が入って操縦していたのでモビルスーツと呼ばれるが、途中から完全に遠隔操作と人工知能による兵器になった。このタイプはほとんどが回収されたが、たまにこうして荒野を徘徊している。

「だろ？　かっこいいよなぁ。破壊するの惜しいぜ」

「まあな。オレも実物をこの距離で見るのは初めてだ」

そう。このタイプは研修資料の３Ｄ映像でしか見たことがない。

「なあ、アイツをスキャンして３Ｄプリンターでレプリカ作らせようか？」

ロイは再びオレからスコープを奪い、覗きながら言う。

「バカ。それは違法だし、スキャンしただけで中央から検閲が入るぜ」

オレは背もたれに身を預けながら言ってやった。

「だよな〜。もったいねぇな」

ロイはぶつぶつと言ってため息をつく。

オレだってあのカッコいいモビルスーツを破壊するのは惜しい。しかし、仕事だ。

ロイとはここ最近、パートナーを組むことが多い。このワークのパートナーは基本ランダム選別だが、双方が希望を出せばパートナーを組みミッションをこなせる。

今回の任務は、大陸南部の荒野のパトロールだ。

TOKYO・SHINAGAWA（品川）の国際テレポート・ステーションから旧NANKING（南京）シティに移動して、そこからさらに南部にテレポートをする。そしてジェット・カーに乗り込み１時間ほどで荒野が広がる。

昔は大都市があり、何百万人もの人が住んでいたというが、今は岩と砂の荒涼とした大地だ。核戦争が起きて、この辺りは数十年間、生物は立ち入れなかった。

そんな何もない荒野に、過去の大戦の生き残りのロボットが、こうしてたまに見つかる。

ロボットは近寄るとプログラムで攻撃してくるが、こちらは最新のレーダーを搭載しているので遠距離からターゲットを発見し、200メートル以内で高濃度の圧縮レーザー射撃ができる。彼らのチタン合金の装甲は、レーザーで熱線分解される。彼らもビーム砲と、火薬式の弾頭を装備しているが、彼らの時代の火力では、この戦闘用ジェット・カーの特殊カーボン合金の車体を破壊することはまず不可能だ。

「ところでフータは、KYOMUって知ってるか？」

ロイがハンドルを握りながら突然訊いてきた。

「ああ。知らねえやつはいねえだろ」

オレはスコープを覗くのをやめて、車のレーダーに敵ロボットの位置を記録させた。

「ははは。だよな。でもあれってバーチャル・ネットでは、政府の発表よりも、もっとあれこれ情報出てるじゃん？」

「そうなのか？　オレはほとんどバーチャル・ネットには入らないんだ」

「そうなの？　まあいいや。なんかそこでよ、『雷神』っていうゲームプログラマーがさ、神出鬼没で情報を出すんだけど、かなりやべえらしいぞ」

「どんな風に？」

雷神……。ここ数年、一躍バーチャル・ネット界で有名になったゲームクリエイターで、アニメーションの作家だ。オレも名前くらいは知っている。

「なんでもよ、KYOMUは世界が滅ぶくらいのヤバいプログラムだって……」

ロイはなぜか笑いながら言う。この男はどんな深刻な話題も軽率な口調で話す。

「プログラム？　ウイルス性の病気じゃないのか？」

「さあ……。そもそもウイルスって、オレたちの遺伝子に入り込んで悪さするわけだろ？　だから一種のプログラムと同じだから、そういう表現してんのかもな」

「ふーん。なるほどね」なるほど。確かにそうだ。

「で、世界が滅ぶって？」

「いや、よくわからねえよ。でも、それを〝恐れるな〟って言ってるんだよ。むしろ滅んだ先に真実があるとか……」

「はあ？　なんだそりゃ」

「まあ、お前も今度雷神さんのメッセージ読んでみろよ。３Ｄ動画じゃKYOMUの内容はアップできねぇらしいから、チャット型の文章だけどな。まあ、それでもすぐに政府の検閲に消されてはいる。だけどその前に世界中で拡散してバーチャル・ネットに溢れているんだわ」

「ふーん……。その雷神ってのはいつから……」

オレが話している途中で、ロイは車の速度を緩めた。

「どうだ？　けっこう近づいたぞ」

ロイがオレに言うので、オレはスコープを手にして覗く。

「あ、岩陰に隠れたな。もう少し近づいて、角度変えるか……」

オレがそう言うと、ロイは車を動かした。岩が多くて目視できないが、車のレーダーで、ロボットの正確な位置は把握できている。

「ん？　もう一体、いるのか？」

オレはスコープを覗きなら、先ほどのモビルスーツとは違う識別反応のロボットを目視した。

「レーダーにはないぜ？」

「いや、なんかおかしい……」

オレはスコープのズームを上げるが、また別の岩影に入ってしまった。

「ちっ、見えねぇな」

「もうちょい近づこう。レーザーの照準も合わせといてくれ」

ロイがハンドルを切りながら言う。ハンティングが近づいた時のロイは、目つきが変わる。

オレはスコープを覗きながら、レーザーをセットする。いつ現れても、親指のボタン一つで発射できる。オート・モードにしてもいいのだが、オレもロイも自分の力で獲物をハンティングした実感が欲しいので、いつもマニュアル・シューティングにしている。

「よし、見えたぞ！」

オレはスコープ越しにモビルスーツ型ロボットを確認した。

「ああ、レーダーでもばっちり捉えている。お、こっちに気づいたぞ」

レーダーの識別反応が変わった。向こうはこちらを敵と認識したそうだ。しかしとっくの昔にレーザービームの動力は切れて、ミサイルやランチャー砲のような実弾も弾切れしてる。だから直接の打撃攻撃を仕掛けてくるのだろうが、まだ１５０メートルほど距離がある。それよりも気になるのは……。

「なんかおかしいぜ。妙な動きだ。もう一体のヤツ……。頭しか見えないけど……」

「本当にいるのか？　この距離でレーダーには反応しないなんて」

オレはロイにスコープを渡した。

「見えるだろ？」

「ああ、見える見える。へえ、二体か……こりゃ報酬が期待できるな。おっ、一体が近づいて来たから、そろそろヤらねぇとな」

「よし、とりあえず片付けよう。オレは頭を狙う。お前は胴体を狙え」

オレが照準を合わせて撃ち抜こうとしていると、

「なっ……」

ロイがスコープを覗きながら、何かに驚いた様子で息を飲んだ。

「どうした？」

「なんだよあれ……。どうなってんだ……？」

「おい、近づいてきたぞ！」

レーダーが赤いランプと短いブザー音を出した。すでにスコープを使わなくても十分に目視できる。現在60メートルの距離にいて、こちらに土煙を上げながら走ってむかっている。

しかし、オレは目の前に迫ったモビルスーツタイプのロボットにも、おかしな点に気づいた。

モビルスーツタイプは、人型のマシンだ。大きさは3メートル30センチ。ここから数十メートルの距離があるとはいえ、十分にその形はわかる。

「あのロボット片腕がない。いや、肩のあたりからすっぱりとえぐれるように……。どうしたんだ？　攻撃されたのか？」

オレがそう言うと、

「こっちもだ。もう一体はさっきの場所からほとんど動いてない。動けねぇんだ。なんせ下半身部分がないし、動体も変な形でえぐられてるように無くなっている。分解したとか、爆撃されたとか、レーザーで焼き切られたわけでもねぇ……。おい、これってまるで……」

スコープを覗いていたロイがそう言って言葉を飲み込む。

そう、これはまるで……。

「いや、ちょっと待て！　とりあえずこいつを片付けるぞ！」

今は考えている暇はない。目の前に標的が迫っている。オレは頭を振り払いそう言った。

「お、おお……」

ロイはスコープを外し、目の前に迫ったロボットにレーザーの照準を合わせた。

「ちょっと待てよフータ」ロイが指を止めて言う。

「レーザーの威力を落とそう。動けなくして機能を奪ってから観察しようぜ！　こりゃなんかおかしい！　こんなチャンスなかなかないぜ？」

オレは一瞬考えた。そんな勝手なことをやっていいのだろうか？　この瞬間も、データは中央に転送されている。変なルール違反を犯して、このスリルと高収入を得られるワークを失いたくない。

しかし、オレが考える前にロイが勝手にレーザー出力を落とした。

「おい！　来たぞ！」

そうこうしている間に、ロボットはつい10メートルほどの距離にいて、車内に警報ブザーの最終通告の音が鳴った。考えている暇はない。攻撃されて車体を傷つけられたらそれこそ大減点だし、万が一破壊されたらオレたちの命がヤバい。この車体の軽量合金は火力やレーザー射撃には耐久性が在るが、唯一直接的な破壊攻撃には耐久度がさほど高くはないのだ。

オレは車体の前面から、ロイは車体の上に取り付けられたビーム砲から、同時に射撃した。

ロボットは吹っ飛び、荒野の岩と砂の上を転がった。オレは脚のあたりに、濃度を凝縮させたビームを撃ち、ロボットはバランスを失い、前のめりに倒れ、煙が舞う。

ロイが肩や胴体に何度もレーザーを撃ち抜き、生命線であるエネルギー循環装置を破壊したらしく、レーダーの認識反応がレッドからブルーに変わった。もうエネルギーが作れないので、あと数分から数十分で停止する。まして攻撃はできない。

「やったな……。見てみようぜ」

ロイは車を出そうとしたが、

「完全に停止してからにしよう」とオレは言った。

「大丈夫だよ。びびってんのか？　あんな形になってもよ、まだ動けるのか見てみたいんだよ」

オレの言うことを無視して、ロイは車を攻撃したロボットに近づけた。

ロボットは必死に自己修復作業をしようとしていた。焼けた部分に冷却ガスを吹きかけて、同時に自分の腕のパーツを外し、それで補い、修復しようとしている。

（必死なんだな……）

ロボットとはいえ、今の状況が彼にとって絶望的であることはわかっているはずだ。しかし、それでも一縷《いちる》の望みを持って、必死に生きようとしている。

「すげぇプログラムだな。あの状態でまだやろうってのかよ、ははは。見てみろよ？」

そう言って笑うロイの言葉を無視して、俺は瀕死のロボットから目を背けたい気持ちに駆られた。

そう、確かにこれはプログラミングだ。でもオレには、生き物が必死に生きようともがいているように見え、胸の辺りがしめつけられるような苦しさを覚えた。

ロボットは、せっかく残った動力を、修復作業に費やしたせいで、あっという間にエネルギーを使い切り、完全に静止した。まるで、目の前で生き物が死んだのを見たときのような、なんだか後味の悪いものを感じた。いつもなら、もっと遠くから強力なビームを撃って木端微塵にするから、あまりそういう意識は持たないのだが……。

「おい、フータ、見てみろよ。きれいにえぐるようになくなってる……」

腕の部分を見ると、確かに合金部分の装甲が、きれいにすっぱりと、丸みを帯びた切り口で無くなっている。内部のコードや配線もだ。

「虚無……」

ロイが呟いた。そう、これはオレたち人間の間に広がっている謎のウイルス『KYOMU』と同じような症状だ。

「ロボットが……？　どういうことだ」

いつもおちゃらけているロイも、流石に眉間に皺を寄せて考え込む。もちろん、オレもこんな症例は聞いたことも見たこともない。意味がわからない。

「とりあえず、これはエリア・リーダーに報告しないと」

オレがそう言うと、

「ああ、記録動画の画素を上げておこう。周りの状況とかもな。なぁ、これってなんかボーナスでるかな？　こんなの発見したのオレたちが初めてじゃねぇの？」

ロイはまたいつもの調子でニヤケながらカメラを操作してた。

「信号を出しておこう。このエリアのミッション、他にも数台出てるだろ？」

オレはどうせバレるのなら、さっさと他の連中も巻き込んだ方がいいと思い、そう提案した。

「ああ……。いいぜ、でももうちょっと内部も撮影しようぜ。今、ドローンカメラを出す」

やれやれ、どうせ今信号を出したところで、他のメンバーが来るのは早くても10分はかかるというのに。この広大なエリアに散らばっているのだから。

「おっ、よく見える見える」

飛び出したドローンは、破壊したロボットの真上から、詳しくその状態を撮影した。

しかしその時、突然車体が大きく揺らいだ。

「な、なんだ！」

と驚いたのも束の間、見えていた映像が１８０度真っ逆さまにひっくり返った。ベルトを外していたロイは車の中で宙に浮かび、逆さになった天井部分に後頭部を打ち付けた。

オレはベルトをしていたが、かなり緩めに締めていたので、その衝撃で椅子から浮かび上がり、肩と首を捻ってしまった。

「ロイ！」

車体はひっくり返ったと思ったら、さらに勢いよく地面に車体を擦らせながら数十メートルは吹っ飛び、反重力装置を振り切って岩に激突した。

その反動でロイの体が反転した操縦室の壁に、鈍い音と共に叩きつけられた。

そして車体はさらに回転して、運良く水平に戻った。

オレは何が起きたのかを理解した。

咄嗟だった。考えるより早く、オレの体は反応していた。レーザーの銃口を向けて、腕だけで虫のように這いながら突進してくるモビルスーツのロボットに向かって撃ち込んだ。どうやらオレたちが瀕死のロボットに気を取られている間に、先ほど遠くに見えたもう一体のロボットの攻撃を受けたのだ。

（どうしてレーダーに無反応だったんだ！）

レーザーの出力を弱くしてあったせいで、ロボットは一撃ではもちろん沈まない。だからオレは敵の胸の動力部分に集中して撃ち込んだ。だが、撃ち込むたびにロボットは体が衝撃で後ろに吹き飛ぶので、なかなかうまく命中できない。外れたレーザービームが、荒野の岩や砂にあたり、砂煙が舞い上がっている。

オート照準に合わせれば楽なのだが、それにはロイの運転席側のタッチパネルを操作しないとならないので、マニュアル・モードでやるしかない。

ロボットは下半身部分が無くなっており、器用に腕だけで移動するが、動きは明らかに先ほどより鈍くなったので、ダメージは与えられたようだ。

オレは先に動きを封じるために、片腕の肘の連結部分を狙った。すると、やはり連結部分は弱いらしく、レーザーですぐに破壊され、肘から先の部分が吹き飛んだ。ヤツは腕を使って這い進むので、これで動きを止められたが、それでも片腕だけでこちらに向かってくる。

オレはその不気味な動きに恐ろしさを感じながら、レーザーで胸のあたりに集中砲火を浴びせた。

「うおおおおお！」

恐怖からなのか、何かの興奮なのかわからない。オレは叫び声を上げながら、トリガーを弾き続けた。

識別反応がないロボットなので、破壊できたかどうなのか判別つかなかったが、こちらのレーザーが一時的にエネルギーチャージを必要として停止したので、そこでオレは冷静さを取り戻し、観察することができた。弱い出力だったが、上手いこと命中したらしく、胸と腹部は完全にレーザーで焼き切られて、動力を失い停止していた。

オレは頬を伝う汗で、全身に嫌な汗をかいていることに気づいた。心臓が激しく動き、呼吸を荒らげていた。

（そうだ！　ロイ！）

ロイは運転席の足元に倒れていてぴくりとも動かない。しかし、オレはベルトを外して確認しには行けない。またいつ識別反応のないロボットが襲ってくるかわからないからだ。

とりあえずできることをしよう。オレは自分でも驚くくらいに冷静に対処した。

車外モニターを３６０度フルモードにして、警戒レベルを最大に上げた。半径１００メートル以内、虫一匹でも動くものがあれば反応する。

そして緊急信号を送り、車体の被害状況を確認する。どうやら、車体は、上部のレーザー砲が、岩に叩きつけられた際に折れ曲がり、外部装甲のあちこちに被害が見られた。

ロイは大きな怪我をしてる様子はなさそうだ。しかし様子を詳しく見る前に一旦この場所を離れようと思ったが、先ほど飛ばしたドローンのことを思い出した。

撮影用に飛ばしたドローンをこちらに戻す。その動線上に、識別反応のなかった下半身のないロボットがいたので、オレは周囲に警戒しながらも、オレがたった今破壊したロボットを観察した。

　やはり、下半身部分がきれいにえぐられるように無くなっている。それと、後頭部から肩のあたりも、不自然に無くなっているのがわかった。識別反応がなかったのは、後頭部にある電気系のチップの基盤がやられていたからかもしれない。だからこちらの警戒システムも作動しなかったのだ。

（しかし、だったらどうやって動いていたのだ？）

　ドローンがこちらに戻ったのを確認してから、オレはオート・ドライブにして、離脱して出発地点に戻るように設定をした。考えるのは後だ。

「ロイ！　大丈夫か！」

　声をかけるが反応はない。

　車が動き出してからも、周囲の警戒は怠らなかったが、攻撃を受けた地点から数百メートル離れたところでようやくオレはベルトを外し、うつ伏せに倒れているロイの肩に手をかける。

「おい！」

　息をしているのがわかった。気を失っているが、死んではいないのでとりあえずほっとした。しかしほっとしたのも束の間だった。ロイの体をひっくり返した時に、彼の左手が、手首部分から先がすっぱりと無くなっていた。どこかに圧迫されたとか、衝突して怪我をしたものではない。きれいに、鋭利な刃物で切り取ったかのように、先が存在しないのだ。その断面は、骨と肉や腱や神経が綺麗に見て取れた。

(KYOMU……)

オレは心の中でそう呟き、自分の膝が震えるの感じながら、シートにもたれてそれを呆然と眺めていた。

5――『フレンズ』とジャンク・エリア

僕はベッドの上にいた。

また、不思議な夢を見た。

砂漠のような場所を車で走らせていたら、昔のアニメで見たことのあるようなロボットと戦うという、荒唐無稽な夢だった。しかし、その荒唐無稽な夢を、あたかも今さっき自分が体験したかのような手応えを持って覚えている。

仲間がいた……と思う。なぜかそこだけはっきり覚えていない。その仲間には色も形も無かった。そこだけ、何も無かったのだ。暗いとか、穴があいてた、というわけではない。何も無いのだ。

それ以上思い出そうとすると、目元の辺りから、眉間の奥がむずむずと痛んだので、僕は考えるのを止めた。この頃、この連続して見る夢の世界のことを考えると、眉間から頭頂部にかけて妙な違和感を覚えるのだ。一度検査に行った方がいいのかもしれない。これまではフレンズの入植審査に影響するかもしれないという恐れから、誰にも言わなかったが、もうその道は断たれたのだ。

カオルコと一緒に自然の中で、たとえ過酷な労働があり、節約や何らかの抑圧があるかもしれないにしろ、この肉体を持って、お互いに天寿をまっとうしたいという夢は、完全に断たれたのだ。

そして今日は、そのカオルコに直接会い、フレンズの審査に通らなかったことを伝えなくてはならない。

もう朝の7時だが、外は薄暗かった。2月も半ばを過ぎ、少しずつ日の出が早くなっているが、天気は毎日どんより曇っているせいで、朝とは思えない。

布団を出ても寒いしやることがないのだけど、二度寝する気にもなれず、僕は起きて体操をして体を温めた。フレンズの南米入植のために体を鍛えようと思って続けていたボディーワークだ。精神修行の一環として、肉体を使った修行は推奨されている。もうやる必要はないのかもしれないけど、習慣とは不思議なもので、やらないと落ち着かないのだ。

それに体を温めるにはいい運動だし、体を意識すると思考が冴えて、集中力が高まるのを感じている。フレンズの数々のワークショップや道場で習ったことは、今のところこうして役に立っている。今のところは……。

僕は体操を終えてから、タブレット端末を開き、念のためにカオルコへ送ったメッセージのサーバーを開き、既読を確認した。

〈仕事の終わり頃に、いつもの場所へ。風次〉

と、僕が送ったメッセージ。

カオルコの住むエリアは、電力不足で先月から電波困難地域になってしまい、連絡はショートメッセージをサーバーに送ることしかできない。住人全員がサーバーのメッセージを一覧として見るので、個人的なことは書けず、せいぜい待ち合わせの約束を、やや暗号的な、合言葉的なものを使いながらのやり取りになる。

彼女は週に一度の『ジャンク・エリア』の炊き出しボランティアに行っている。その終わり時刻に合わせて、ジャンク・エリアの出口で待ち合わせる。

出口には警官や軍の警備兵もいて、〝特区カフェ〟と呼ばれるカフェショップがいくつかある。

そこはジャンク・エリアの居住者も、許可証があれば出入りできる。政府が運営しているので値段もリーズナブルだ。だから僕らはよくそこで待ち合わせをする。特区カフェには食事はないが、パサパサしたクッキーや駄菓子のようなものと、コーヒーやお茶が飲める。

母が出かける日だったら部屋に呼ぶのだけれど、母もこの頃は仕事がほとんどなくなり、いつも家にいるから、二人きりで会う時間がなかなか取れないのは少しストレスだ。

しかし、もう僕らの運命は「別れ」という形がはっきりと見えてしまった……。

僕はタブレット端末を閉じ、そのままの姿勢でしばらく固まっていた。憂鬱だった。カオルコになんて言おうか悩んだ。

彼女は僕がフレンズの入植メンバーに入れると信じて疑わなかったのだ。その期待を裏切ったことになる。しかし、直接伝えなければならない。そして、お互いの今後を考えて、早急に決断しないとならないのだ。

胸が引き裂かれるような苦しさがあったが、僕は考えることをやめた。僕はそうやってすぐに諦めて、切り替えることができる。そうでもしないと、この世界では生きていけないのだ。

今から向かうジャンク・エリアとは、通称「ジャンク街」とも呼ばれ、軽犯罪者や人格審査で落ちた人々が住む地区であり、彼らはバーチャルワールド〝Kyu-KyoKu〟への移行の権利が剥奪されていた。

Kyu-KyoKuへ行けない以上、地球の過酷な環境で生きるしかない。彼らは絶望しつつも、同じ境遇の者同士で集い、身を寄せ合うことで、ジャンク・エリアは半自治区として機能している。

ただし、中犯罪と呼ばれる、暴行、強盗などの犯罪者は、エリア内でさらに仕切られ、そちらは軍によって厳しく管理されている。

しかしそれは、日本中の刑務所があまりに過密になったので、ジャンク街の中に野外刑務所を設置したようなものだ。

ちなみに人格審査とは、インターネット上において、一種の罠のような形で設けられていた規定だ。

政府はちょうどその頃、大陸で勃発した戦争と、ウイルス騒ぎで国内が騒然としていたどさくさに、いつの間にかそんな法案を可決させていたのだ。

内容は、ＳＮＳやＶＲ空間での暴力的な発言、反政府的な言動、教育へ有害性など、いくつもの規律があり、それまでインターネット世界で自由に発言していた多くの人がこの網にかかり、Kyu-KyoKuへの移行の資格を剥奪され、中でも言動が悪質と判断された者は、軽犯罪者としてジャンク街に強制収容された。

それでもニュースによると、日本のジャンク・エリアはまだマシなほうで、サンフランシスコやスペイン、ベトナム、上海など、各地のジャンク・エリアは暴動が頻繁に起こり、軍隊による掃討作戦で数百万人が生命を落としたそうだ。

日本人は国民性もあるのだろうけど、そのニュースを知っているので、あまり過激なことはしない。どうせこのままでもそう遠くないうちに餓死するか凍死する可能性が高いが、誰もが明日や明後日に軍からの爆撃や銃弾で死にたくはないのだ。

ジャンク・エリアの食料は我々もそうだが基本的に配給制だ。しかし、平等に行き届かないことも多いらしく、『フレンズ』の慈善ボランティアによる炊き出しが、ゲート付近で週に一度行われてる。

カオルコはそのボランティア・メンバーなのだ。

僕もジャンク街のゲート付近の炊き出しには、フレンズのメンバーとしてボランティアで一度だけ行ったのだが、カオルコからもう来ない方がいいと言われた。もし僕が政府関係者だということが知られては、住人から殺されかねないとのことだ。それ以来炊き出しには行っていない。

僕はドライ野菜のスープで朝食を食べてから、早めに家を出た。ジャンク街へはバスで向かうのだけど、連日の雪で道路が渋滞しやすいのだ。

バスは混み合っていた。

毛糸の帽子や、分厚いフリースを着込んだ男たちがほとんどだった。途中に大きな工場があり、そこでは自分たちがこれから保存されるためのコールド・スリープカプセルが急ピッチで作られている。今は数がいくらあっても足りない。

工場前でバスに乗っていた人々の大半が降りて、僕は一番後ろの席にゆったりと腰をかけた。

静かだった。僕はほっと一息ついた。いや、先ほども静かだった。満員のバスなのに、誰も一言も喋らず、ある者は黙って目を閉じ、それ以外の者はスマートフォン端末のモニターを、死んだ魚のような目をしながら眺めていた。トンネルに入ると、彼らの端末から発するさまざまな光がチカチカと車内に点滅している。

僕はその光景も、この静けさも、すべてが、居心地が悪かった。

と言っても今の時代に居心地の良い場所なんてどこにあるのだろうか？　多くの森林が破壊され、太陽光パネルと風力発電の風車が設置され、山を削り過ぎたせいで土砂崩れが多発し、狭い国土の日本で何万人もの人が犠牲になった。国土のほとんどが森林だった日本も、今では禿山が目立つ。

道路は予想していたよりも空いていたが、やはりそれでも除雪のために通行が規制されてる区間があった。僕はバスの気だるい揺れと一定のエンジンの振動の中で眠気を感じる。この頃、すぐに眠くなる。

6 ―― 虚無のウイルス

「起きなさい」

オレはその声にびくっと身を震わせて目を覚ました。

（今寝たばっかかなのに……）

と、思った。たった今、オレは汚いバスの中でうとうとして、ちょっとばかり居眠りをしたのだ。大事な人に、大事なことを伝えるために……。

（……バス？）

「異常はないな？　念のため、ドクターが最後に回診にいらっしゃる。終わったらすぐにここから出られるので、準備をしておくように」

担当の看護師が防護マスク越しに、くぐもった声でそう言ったが、一瞬自分がどこにいるのか理解できず、何の反応もできなかった。しかし向こうもそれを期待はしていないようだ。さっさとドアを開けて出て行ってしまった。

オレは『KYOMU』感染の可能性として、隔離施設に8日間閉じ込められていた。なんでも、この未知の病であるKYOMUは、ウイルス感染者と接触後、平均で3日、遅くとも7日以内にすべて発症しているというのだ。今日で8日経つ。オレは毎朝目覚めるたび、体のどこかが消えていくのではという恐怖を感じながらここ数日過ごしていたが、なんとか乗り切ったようだ。

（しかし、今のバスの夢はなんだ？）

また、おかしな夢を見たようだ。おかしな夢を見るのはいいが、現実と夢の区別が一瞬つかなくなるくらいリアルなのは困る。そしてまた、大切な誰かに対する、喪失感を感じて、悲しくなっていた。

(一体、オレは夢の中で誰を求めているんだ?)

オレは自分の思考にイライラしながら体を起こした。そこで自分がパンツ一枚の姿だと気づく。なんと検査中に寝てしまったのだ。

「あら、もう服は着ても大丈夫よ」

ミス沖田という女医が室内に入って来るなり、冷めた態度でそう言った。

ミス沖田は感染症のエキスパートで、ニュースで何度か見たことがある。30代後半の、無表情で早口で話す女性だ。実はニュースで見る限りでは好感を持っていなかったが、目の前で話すと印象が変わった。冷たい顔つきと口調だが、それは彼女の癖のようなもので、ちょっとした態度や言葉から、彼女の本心は優しく、人間味があるとわかったのだ。

彼女はいつもマスクもつけないが、今日もマスクも何もつけていない。他の看護師は、先ほどの頑丈そうなマスクをつけている者や、一枚の簡易マスクだけの者、それぞれの判断になっている。マスクでKYOMUが防げるかはわからないが、気休めとしてなのだろう。

「どう? フータくん。調子は……、いえ、体調はいいのはわかってるから、そうね……、ご機嫌いかが?」

彼女は独り言のように尋ねた。

「正直、あんまりいいもんじゃないね。メシが毎日毎日栄養フードでうんざりだ。ビールもコーヒーもない。いい加減まともなもんを飲み食いしたいね」

オレはそう答える。本音だった。栄養フードは3種類あるが、すべてペースト食だ。

「そうね、内臓疾患じゃないから食事は関係ないと思うんだけど、まだ未知の部分が多いから、あなたには完全食品のみで過ごしてもらったのよ。まあ、おかげで健康的になったでしょ。診断の結果、カフェイン摂取が多すぎて、アルコール値も高かったわ。それに慢性的な野菜不足……。若いからって不摂生していると定期検診と矯正ファスティングで隔離されちゃうわよ？」

ミス沖田は電子カルテを操作しながら、興味なさげに話した。

あの日、オレは無線で状況を説明すると、1時間後に防護服を来た政府直轄の軍隊と医療班がやってきて、オレは軍の車に押し込められ、エアポートに連れて行かれた。テレポート・ステーションで移動することはできないとのことで、飛行機でトーキョーへ行った。飛行機に乗ったのは初めてだったが、移動中はずっと防護服を着込んだ警官や政府関係者からの尋問を受けていたので、残念ながら空からの景色は一度も眺めることは叶わなかった。と言っても、その時はそんな余裕も持ち合わせていなかったが……。トーキョーに着くと、そのままま た車に乗せられ、SHIBUYAエリアにある、隔離センターへ連れてこられた。

オレはロイの症状を目の前で見ていたので、正直なところ激しく動揺していた。自分も感染したのではないかと。自分が消えてしまうのではないかと……。

しかし、ミス沖田が直接言ったわけではないが、どうやらこの病気は「ウイルスによる感染症」として疑われているだけで、KYOMUの直接原因は不明らしい。

「マスクとか意味ないから。みんな気休めよ。安心したいからつけているんだろうね。まあ、わからないって怖いからね」

医学会、そして感染症の権威であるミス沖田がそう言っていたのが何よりの証拠だ。

「先生は怖くないのかい？」

とオレが尋ねたら、

「別に失うものないし、医師として、そして科学者としては〝KYOMU〟になった先が気になるわ」

「虚無の、先？」

「そう。だって、消えたらどこに行くのかしら？　まだ何も解明できていない。だからその事実を突き止めるために、私が発病して虚無に飲まれるのも悪くないわね。自分の体験こそが何よりの研究だもの」

周りの看護師の女性が「先生！　冗談はやめてください！」と言ったが、ミス沖田が冗談で言ったわけではないと、オレにはよくわかった。彼女は本気だ。そして、この未知なる病気への好奇心がある。恐怖心とかぶっ飛んでいる変人だ。

しかし、オレは症状が出なかったので今日で解放されるのも、結局感染ルートどころか、ウイルスかどうかも定かでないからなのだ。

そもそもオレと同じように、KYOMU発症者との接触者はたくさんいて、全員を監視し続けるわけにもいかないのかもしれない。

もちろんオレ自身、この病気のことなんか何一つ知りはしないが、ただいくつも気になることがある。

「先生」

オレは問診を終えて部屋を出ていこうとするミス沖田に尋ねた。

「ロイは、どうなった？」

「ああ、あの男の子ね。彼はね……、聞かないほうがいいわ。進行が今まで見た中では一番早いわ。だから今はあちこちが消失して、恐怖で正気を失ってしまったわ。そういう人が多いのよ。先に精神が持たなくなる」

なんとなく、そうなる覚悟はしていたのでさほどショックは受けなかった。確かにロイは蝕められた人間ではないが、それでも同情心と、自らの無力感は避けられない。

ミス沖田が再び出て行こうとするので、オレは慌ててもう一つ質問した。

「なあ先生。ロボットも、KYOMUの病気になるのか?」

そう、オレとロイは、一部がKYOMUと化したロボットをはっきりとこの目で見た。

「報告あったわね。読んだわ。あなたが見たってものについて」

ミス沖田は白衣のポケットに手を突っ込んだまま低い天井を見上げて言った。

「つまりKYOMUは有機物、無機物関わりなく虚無に飲み込むのか? ということは、もしも無機物にも作用するのなら、ビルや街もその内すべてKYOMUに飲み込まれるのかしら? もしくはロボットが我々と同じ生物なのか? つまりロボットは無機物だけど立派な生命であり、人間のように自由意志を得たのか?」

途中から独り言のように早口にまくし立ててから、オレの方を独特の何かを諦めたかのような視線で見下ろす。

「どう思う?」

そして彼女はオレに尋ねる。

「いや……、わからないよ」

「そんなのわかってるわ」ミス沖田はそう言って、ほとんどの人が気づかないレベルの、微かな微笑みを浮かべた。

「誰もわかる人はいない。どう感じるかってことよ。あなたが第一発見者なのよ。ロボットの、KYOMU」

オレは数秒間考えてから、

「ロボットは、生きている、ってオレは思う」

最後まで必死に修復を試みていた姿を思い出しながらそう答えた。

「へえ」

彼女はポケットから手を出して、腕組みした。そして顎を上げて、続けて、とオレに向かって口に出さず言った。

「人工知能は、今やオレたちと同じような知能を持っていて、ロボット認証がなければ、今ではアンドロイドと人間の区別はつかない。街に普通に歩いているし、人間の生活に溶け込んでいる。オレは彼らがただのプログラミングだけで生きてるとは思えない」

「でも、君が見た〝あれ〟は100年前のロボットよ？　確かにあの時代から人工知能は搭載されていたけど、今のものとは比べ物にならない精度よ？」

「オレは、古いマシンに乗ってるんだ。自走式の地磁気反応式の車。人工知能はかなり古いけど、ずっと乗っていると、まるで車が生きているような気がしたりするんだけど……」

オレはそう伝えたが、途中で結局何が言いたかったのかよくわからなくなってしまい、口をつぐんだ。

「とても興味深い」

ミス沖田は冷たい視線を天井に向けて言って、そのまま言葉を止めた。何か続くのかと思っていたが、それ以上何も言いそうにないので、オレの方から、

「わからないことだらけだ……」

と、ため息交じりに言って会話を締めくくろうとした。

それを聞いてかわからないが、彼女はこちらを見て口を開いた。

「そうそう、お別れの挨拶してなかったわね。8日間ご苦労様。まだ今後1ヶ月間の毎日の追跡データの報告の義務があるけど、私は何かあなたの身に異常が起きない限り会うことはないと思うわ。他にも大陸の方で感染者が増え続けていて、これからテレポート・ステーションにも制限がかかると思う。観光旅行もしづらくなるわ」

オレはそれについてしばらく考えてから、「ありがとう。親切にしてくれて」と言って頭を下げた。

「親切？」

彼女は何かに驚いているようだった。そして、顔を今まで見たことがない表情に歪めながら、「仕事よ」と言った。

彼女は褒められ慣れていないのかもしれない。

「最後に、たった今、仮説を立てたわ」

話題を変えるためなのか、まるで自分自身に言うように彼女は淡々と話し始めた。

「無機物や有機物が私たちと同じとか違うとか、そんな議論じゃなくて、そもそも全てはミクロレベルではみんな粒子であり、ただの振動であり、そこから生まれる波動が物質化しているの。つまり、私たちもロボットも同じなのよ。だから私たちの細胞を構成する原子のナノレベルの物質に量子プログラミングが可能なはずよ。ひょっとしたら人工知能と同じように、我々にもすでにプログラミングが施されていて、自分は自由で、自分の意思で動いていると思っているけど、ひょっとしたらすべてがプログラムされたものをなぞっているだけかもしれない、そもそも生命というものは、プログラムなのかも」

そこで一旦ミス沖田は言葉を区切る。

（すべてが、プログラミング？）

オレはなんと答えていいかわからず、ただ彼女の言った言葉の意味を考えていた。

「すべて仮説。ただどっちにしろ、KYOMUは私たちの想像を超えてるってこと。感染症のような兆候もあるけど、何も証拠はない。感染力は強いとも言えるけど、弱いとも言える……」

そう話しているところで、室外から「先生、次の会議が……」と、看護師から言われているのが聞こえた。そしてミス沖田はそれ以上何も言わず、こちらを振り返らずに部屋を出て行った。オレはそれを呆然と見送りながら、人間とロボットの人工知能や、すべてが量子であるということについて少し考えたが、もちろんオレの頭ではわかるはずがなかった。

オレはその後に、何度か面識のある年配の看護師に案内されて、別室でいくつかの電子書類にチェックをして、携帯端末を返してもらった。

未開封メッセージが１２０件もあった。オレが強制入院させられて外部との連絡も許されなかったので、母親が心配してメッセージを送りまくったのだ。あとは友人たちからのメッセージと、ユナからだ。

母にだけはオレからの簡易的なメッセージも代行送信してくれたので、母からユナや友人に伝わったはずだが……。

ただどちらにしろ、オレはKYOMUの感染者と接触したのだ。それが知られているかどうかだ。

施設もストレートには、オレの身に何が起きたかは母に伝えてはいない。しかしいきなり隔離施設にぶち込まれるなんてことがあったら、今のご時世では理由は一つしか考えられないだろう。ミス沖田の話では、感染力は全体的に弱いとのことだったが、世間はそう思っていない。

だからようやく解放されたというのに、居住区エリアに帰るとなると、かなりナーバスな問題だ。母や親しい友人にも迷惑をかけるかもしれない。

隔離施設の建物から出る前に、母にビデオ通話をした。

「フータ！　あんた大丈夫なの⁉」

母は取り乱しつつ、ほっとした顔を浮かべていた。

「ああ、大丈夫だよ。すっかり元気だ」

「あの病気なの？　ねえ？　みんな噂しているのよ」

「オレがKYOMUだったらここから出られるわけが……」

「その名を言わないで！　誰が聞いてるかわかったもんじゃないから！」

母はオレの言葉を遮ってそう言った後、周りを見渡した。外にいるようだった。

「大丈夫だよ。音声はその端末を持っている人の鼓膜にしか振動しないようにプライバシーが保たれているから」

「でも……」

「とにかく、オレの同僚がキョ……」ムとは、今度は言わなかった。「えっと、例の病気になった。そしてオレは接触者として様子を観察されていたんだけど、もう大丈夫ってことで解放されたんだよ」

「そう、よかったわ。……問題ないのね？　絶対に感染してないのね？」

まだ未知の部分が多いので、オレも強くは肯けないが、

「ああ、だから出てこられたんだ」と伝えた。

「オレが病院に隔離されてたことは、みんな知ってるのか？」

「うん……。なんの病気とか、そういうことは正式にはわかってないけど、いつの間にか広がっちゃってるみたいで……」

「まあな……。オレ達の事故はニュースになったみたいだし。調べればすぐにわかるもんな……。ただ、しばらく帰らない方がいいだろ？」

「でも、あんた、それでどうするのよ？」

「わからないけど……。あまり人のいない場所で、少しひっそりしてるしかないだろ？　母さんに迷惑かかるし……」

「迷惑だなんて……」

言い切れないだろう。これればかりは親子といっても仕方ない。オレは田舎の郊外に住みたかったが、寂しがり屋の母は、近所にもたくさん人が住み、コミュニティのある住宅街を選び、オレは母とそこで二人暮らしをしているのだ。

「だからあんな危険なワークはやめなさいって言ったのに……」

母はいつもの小言を電話越しにぼやきはじめた。

「はいはい、わかったわかった。とにかくまた連絡するよ。母さんは今まで通りにしてくれ」

オレはため息まじりに通話を切り、そのままタブレットで愛車の位置情報を確認する。ここから数百メートル離れた場所に管理されているようだった。オレはタブレットを操作し、車をこちらに自動運転で呼び寄せた。

周囲を窺うように表に出る。万一、知り合いに会ってしまったらなんとなく気まずい。幸い、誰にも会わず車はすぐにやって来た。

車に乗って、手動ドライブに戻し、そのままSHINJUKUにある大きな公園の近くに移動した。しばらく寝泊まりはモーテルで過ごそう。確か公園の近くにもあったはずだ。

木陰に車を停めて、窓を開き、森の空気を吸い込む。ずっと無機質な窓もない部屋にいたので、木々の緑の色が目に優しかった。

とりあえずユナにボイス・メッセージを送った。

「心配かけたな、外に出たけど、しばらく家には帰らない」

すると数秒後に音声通話が来た。

「フータ！　心配したよ！　大丈夫？　私、キョムになっても構わないから会いたい！どこにいるの？」

オレはやれやれと思いながら、

「あのな、オレは感染してないよ。だったら外に出られるわけないだろう。一緒に任務に出たやつが感染したから、疑いをかけられただけだ」

と答えた。そして完全にオレはKYOMU患者だと思われていることが今の一言で理解できた。

「そうなんだ！　よかったぁ〜。じゃあ問題ないじゃん。どこにいるの？」

ユナは楽観的に言うが、オレに会ったということで、周りの奴らがユナに対してどう思うかわかったもんじゃない。

「今はどっちにしろ一人でいるよ。オレがKYOMUに感染したと思われてるんだろ？　今会ったらお前も周りから差別されるぞ」

「そんなこと気にしないよ！　私平気だよ！」

ユナは泣きそうな声でそう言ったが、

「オレは今は誰にも迷惑かけたくないんだ。とにかく今は施設出たばかりだから、少し一人にさせてくれ」

それは本音だった。この8日間ずっと監視されていて、数時間置きに採血されたり、糞尿も全部チェックされていたんだ。しばらく一人でくつろぎたい。

通話はそこで切り上げたが、その後もユナはすぐにいくつかメッセージを送って来た。しかしオレはそれを無視して、公園を散歩することにした。バーチャル上のイメージウォーキングは隔離中も許されたが、やはり体を使ってのびのびと歩きたい。

1時間ほどのんびりと公園内をぐるぐる歩き回り、大きなケヤキの木の下にベンチがあったのでそこに座った。木陰は涼しく、オレは久々に長閑《のどか》な気持ちになった。自然の中にいると、いつも色んなことがどうでもよくなる。

（ま、なんとかなるさ）

そう考えると力が抜けて、気だるい睡魔がオレを優しく包み込んだ。考えてみると、ただでさえおかしな夢ばかり見ているのに、この数日は隔離施設が落ち着かず、なおさら熟睡できていなかったのだ。

木陰での昼寝は大好きだ。オレはベンチに寝そべり、まどろみの中に身を委ねた。

7――特区カフェとカオルコ

そろそろカオルコが来てもよい頃だけど、彼女はなかなかジャンク街のゲート前に姿を現さなかった。いや、カオルコだけでなく、ボランティアスタッフも数十人いるはずだけど、誰一人出てこない。

「すいません、いつもなら、ボランティアスタッフが終わって戻る頃ですよね？」

僕はゲートの前にいた警備の軍警察の人間に尋ねたが、彼は僕の顔に一瞥をくれただけで、鮮やかに無視をした。仕方ない。軍の人間は基本的にこんなものだ。噂によると、感情を殺すための薬物を摂取しているとか……。

とにかくずっと外で待っているのも寒いので、僕は何度も利用している特区カフェの一つに入った。今日の店内はいつもより混み合っていた。だから早めに席をキープしておきたかったということもある。

僕はライスコーヒーを注文した。

高価な南米産のコーヒー豆はもちろん、東南アジア産の豆もこの頃はなかなか手に入らないし、希少価値が高くなり高騰している。僕も本部に出社した際にだけ飲める、貴重なものだ。

だから一般的にはお米を焙煎して真っ黒にしたものを粉末にして、それを濾したものを玄米コーヒーとかライスコーヒーと呼んで飲んでいる。案外慣れると美味しいし、コーヒー豆よりも体に良いという話だ。

コーヒーを飲みながら、先ほど電車の中で見た夢のことを考える。また、いつもの夢の続きだった。電車でうとうとしただけなのでほんの短い間だったが、夢の中で僕は真っ白な部屋にいて、女性の医師のような人と会話をしていた。

「キョム……」

という言葉の響きは覚えている。

虚無?

一体僕はあの夢の中でなんの話をしていたのだろう?

店内にはコーヒーの香りに混じり、ジャンク街の人間たちが発するさまざまな臭いが立ちこめているが、ここでは文句は言えない。

ボロボロの着古した軍の廃品のようなジャケットを着た男は、彼よりはいくらか清潔そうな衣服を着た男と話し込んでいた。どうやらその男の弟らしい。

「どうせオレたちはこのままここで凍え死ぬか飢え死にするかだ。娘はなんとかKyu-KyoKuへ行って欲しい」

「大丈夫だ。オレは自分の身はどうなってもいいが、あの子は絶対に安全な場所に送ってやるよ」

そんな会話を聞きながら、僕は他の席も見渡す。ここではジャンク街の住人と一般人が、毎回特別な申請書を買わなければならないが、唯一会える場所だ。至る所で、何らかの事情があって離れ離れになった夫婦や家族が、深刻そうな顔で、静かな声で話し込んでいる。

皆、小声だ。大きな声で騒いだり、感情的になったら、周りを警護している警察隊にすぐに連れて行かれて、ペナルティが付けられるのだ。どんなに辛い境遇でも、会えるだけマシとして、静かに語り合うしかない。

政府の方針としては、Kyu-KyoKuの門はすべての国民に開かれているとされているが、こうして軽犯罪者や社会的に問題行動があるとみなされた人たちは、すべて外に弾き出される。隣の男が言うように、このまま凍死か飢え死という、過酷な未来が待っている。

（……）

ふと、何かが聞こえた気がした。いや、音、ではない。それは「気配」だった。気配を感じた、という感覚の、もっと深い感覚だった。

（カオルコが来る）

僕はそう思って入り口の方を見た。ドアの前には警官と、ちょうど食器を持って通り過ぎる店員がいたが、その数秒後に、本当にカオルコがドアを開けて入って来た。

カオルコは着古した男物の防寒ジャケットと、分厚いズボンとブーツを履いていた。

（どうして、来るとわかったんだろう？）

彼女はジャンク街側から入ってきたので、入口の警官に証明書を見せ、許可をもらってから、こちらの方へ向かって歩いて来た。

カオルコは帽子をとって、キョロキョロと店の中を見渡す。僕は手をあげて帽子を取ると、彼女はすぐに僕に気づき、笑顔でこちらにやってきた。

「ごめんね、待ったでしょ？　今日はいつもよりずいぶん遅かったの」

彼女の頬が赤い。今日は一段と冷え込むから、肌の白いカオルコのほっぺはすぐに赤くなる。

「いや、そんなに待ってないよ。お疲れ様」

僕はそれからなんと切り出そうか迷い、咳払いをした。

「コーヒー、注文してくるね」

カオルコは僕の様子に気づいているのかわからないが、荷物を置いてカウンターへ行った。

伝えなくてはならない。僕は、フレンズの入植団には入れないと。はっきりと。

「最近、体調はどうなの？　顔色悪いよ？」

カオルコがコーヒーを持って戻ってくると、先に彼女の方がそう尋ねて来た。

「ああ、前も話したけど、眠れないっていうか……。いや、逆にいつも眠いような……。

とにかく、変な夢ばかり見て、眠りが浅い感じがする。でもそれ以外は元気だよ」

彼女が熱いコーヒーを啜る間、しばらく二人の間に沈黙がある。彼女との無言の時間
は、ちっとも苦じゃない。

しかし会話の流れから、そのまま僕は伝えるべきことを話す。

「この寝不足も原因の一つなのかわからないけど、フレンズの南米入植チームには、僕
は不適合だそうだ」

僕の言葉でカオルコが息を飲んだ。僕は話を続ける。

「ほら、過酷な自然環境の中だしね。男は特に、もっと筋肉や基礎体力があることが大事で、僕は仕事もコンピューター関係だからね。必要とされていないんだ」

「……そんな……。パパが大丈夫だって言ってたのに……」

彼女の表情が、みるみる強張っていくのを見つめながら、僕は続ける。

「もちろん、君のお父さんも口を利いてくれた。感謝している。でも、現実問題、仕方ないいんじゃないかな？　どっちにしろ、そんな不正入試のような……」

「なんも不正じゃないよ！」彼女は大きな声で言った。

「風次のことはパパもよく知ってるし、集会にもずっと来てたし、熱心に活動してたじゃない？　入植の第一条件は、フレンズへの信仰と友愛のはず。私、もう一回パパに連絡してみる！」

カオルコが大きな声を出したので、周りの人たちが一斉にこちらを見た。フレンズ、という言葉に反応したのだろう。普段はこのワードは出さないように気をつけているのだが、彼女もつい今は感情的になってしまった。

（まずいな……）

「一旦、ここを出よう」

フレンズの新天地入植の話は、信者だけの話のはずだが、一般にも噂は広まっている。

ジャンク街の人たちに、その話題はセンシティブだ。僕は帽子を深く被り、コートの襟を立てて立ち上がった。

カオルコも自分が大きな声を出してしまったことに気づき、コーヒーを一口だけ飲み、僕に手を引かれるまま、そそくさと店を出た。

「お前、今、……フレンズって言ったか？」

「なぁ、フレンズに入れば、こっから出られるってほんとか？」

数人の人たちにそんなことを聞かれたが、僕らは無視をして出口に向かった。

「おい！　フレンズの人間か？　どうやってお前らはそこに入った？」

カオルコが体の大きな男に腕を掴まれた。

「離して！　痛い！　知らないわ！」

僕も男の腕を掴み離そうとしたが、男の力は強く、僕の細腕ではとても引き離せそうになかった。

「おい、お前もか！」

そしてもう片方の手で僕の胸ぐらも掴んでそう言った。周りの人間たちも僕らの動向に視線を注いでいる。

「なんのことかわかりません。手を離してください」

僕がそう言った時に、目の前にメタリックシルバーの棒が突如現れた。僕と男の顔の前に。

入り口にいた警官が、特殊警棒を差し出した。警棒はスイッチ一つで電流が流れる仕組みで、触れられただけで気を失う感電棒だ。

「どうした？」

警官が尋ねる。

「わかりません。彼が突然興奮して……。私たちはここから出ます」

カオルコは自分のボランティアスタッフのコードと、住民IDを見せた。僕もポケットから身分証の戸籍IDを取り出したかったが、男に掴まれているので身動きできなかった。

「離せ」

警官に言われ、男はカオルコの腕を離した。しかし、まだ僕のことは離さない。

「おい！　別に脅してるわけじゃねえんだ！　どうやったらうちの娘がそこに入れるのか知りてぇんだ！　教えてくれよ！」

男が僕のことを揺すりながら唾を飛ばしながら怒鳴ったところで、僕らの顔の間にメタリックシルバーの電気棒が突きつけられた。そして、次の瞬間に、男の開いた口にそれを押し込むと、何かが弾ける音と共に、口の周りに火花が散った。

それと同時に、僕は全身が引きちぎられるような痛みを感じ、その場で男と一緒に倒れてしまった。

「風次！」

カオルコの悲痛な声が聞こえ、のしかかってきた男の体が重たく感じた記憶を最後に、普段寝付きの悪い僕が、瞬時に深い眠りに落ちた。

8 ―――― 赤い靴下

びくっと体を震わせてオレは目を覚ました。夢の中で、電気ショックを受けたような、そんな感覚が残っている。

一瞬うとうと眠っただけだと思ったが、時計を見ると、1時間近く経っていて、先ほどまですっぽり木影に覆われていたはずが、体の半分が眩しい日差しに包まれ、体は汗ばんでいた。

今回の夢は、いつもと違ってほとんど覚えていない。ただ最後に全身が泡立つような、そんな嫌な感覚ははっきりと覚えている。

オレは体に残ったそれらの感触を振り払うため、立ち上がり体を伸ばす。

ふと自分の手を見る。

片手を前に出して、裏表を確かめて、握ったり開いたりして動きを確かめた。

(オレの手は、ここにある)

KYOMUのことを考えた。ロイの左手。それは事故や病気で無くなったのではない。存在していなかったのだ。そしてあの旧時代のロボット。

体の部分が存在を失う。まるで「バグ」だ。

ゲーム制作のコンテストがあり、オレも子供の頃はよくプログラミングをしてエントリーをした。しかし、プログラミングのちょっとした不手際やミスで、パーツを欠かしてしまうことがあった。

(我々もロボットも同じ。粒子であり波動)

ミス沖田はそんなことを言っていた。しかし、物質はプログラミングとは違う。いや、この世界は、実はプログラムされたもの？　オレも、この木も、土も、車も……？

では誰がこれらをプログラムしたのか？

(神……か？)

神。オレは、宗教は信じていない。そんなことを考えたこともほとんどない。だから そんな自分のアイディアに苦笑してしまった。

車に戻ろうとしているところで、赤い靴下を履いた男が目の前を通り過ぎた。

(赤い靴下の男……)

なぜだろう。確かに中年の男が赤い靴下を履いているのは珍しいかもしれないが、オレはやけにその中年の男が気になった。

その男性は薄い色のサングラスをかけ、ゴルフウェアのような服を着ていた。

急いで車に戻る必要もないし、他にやるべきこともない。なのでオレは散歩がてら、その男の後を距離を保ちながら、同じ方向へ歩いて行った。

「やあやあ、遅れてすまない！」

そして赤い靴下の男性は、公園の西側の広場に出たところで、待ち合わせをしていた10人ほどの仲間たちにそう言った。

どうしてオレが、彼らが〝仲間〟だとわかったのか？　それは、全員が赤い靴下とゴルフウェアという、同じ格好をしていたからだ。

公園の西側は、反重力ボールを使った3Dパークゴルフ場になっていて、彼らはそのチームメンバーだった。シニア世代の間で大流行しているスポーツで、個人よりも団体戦が主流となっている。あちこちにこのようにチームができている。

オレはゴルフ場と公園の芝生広場の境目に置かれたベンチに座り、しばらくそこで暇つぶしがてら、プレイを眺めることにした。

赤い靴下のチームは、そのまま「レッド・ソックスズ」というチーム名のようだった。どこかにありそうなネーミングだと思ったが、3Dゴルフの腕前もいまいちパッとしない。

やったことはないが大まかなルールはわかる。いかに少ない回数で、空中にあるディメンション・ホールという小さな穴にボールを入れるのかを競うゲームだ。

地面ではなく、ディメンション・ホールは立体空間にあるので、地上のゴルフより難易度はかなり高い。周囲には反重力装置を施した芝生や空中砂地があり、砂地に入ると抜け出すのに苦労する。

案の定、彼らも砂地には苦労しているようだった。

「ははは、まいったなぁ～」

しかし、彼らは楽しみながらプレイをしている。大会で優勝を目指すとか、そういう本気のチームではないようだ。

「ファール！」

という女性の大きな声が聞こえ、同時に、

「あぶないぞ！」

と男の声が聞こえた。

オレは帽子を持ち上げ周りを見たと同時に、白い何かが視界を覆い尽くし、それはぶつかる寸前に消えた。

「大丈夫か⁉」

数人の、赤い靴下の男たちが駆け寄ってきた。

「あ、ああ、大丈夫。当たらなかったよ。危なかった」

オレはそう答えた。確かに危なかった。勢いよく飛んできたボールが顔面に当たったと思ったのだが……。

「ぶつかったと思ったよ……。よかったよかった。お兄さん、ここはコース内だから、外にいた方がいいよ。たまにこういうこともあるから」

一人の年配の男性が言う。

「いや、でも人間には反応するはずなんだけどなぁ……」

さっき、最初に見つけた中年の男がそう言う。確かに、人間の生命反応に対して、ボールはある一定の速度以上の場合は重力装置のリミッターがかかり、地面に落ちる設計になっているはずだ。

「きっと、ヤマちゃんの打ったボールの勢いが強過ぎたんだよ。ボールがどっか転がっちまった」

別の男がそう言って、彼らは笑い合う。

「ところで、ボールはどうした？　この境界線のラインにひっかかって落ちたはずなんだが？」

とキョロキョロと周りを見回す。

オレも足元を見渡したが、ボールは見当たらない。ゴルフコースと、公園の境目には、目に見えない電磁シールドがあり、ボールはそこを通過できないようになっているのだ。

「いいよいいよ、オレが探しておくから、みんなはプレイを続行してくれ」

その男性がそう言うと、集まっていた数名の男たちはコースに戻っていった。

「あれ？　見当たらないな……おかしいなぁ？　コースの外には出られないと思うんだけどなぁ」

一人残った男は屈みながら、オレの座っていたベンチの周りや、コース沿いの芝生を探す。

「オレも、手伝うよ」

一人で探すのも大変だと思い、オレはそう言って、立ち上がった。

「ありがとうねお兄ちゃん。いやぁ、発信器があればすぐなんだけど、発信器はセンターに置いてあるからなぁ」

ゆったりとした口調の男は草むらに四つん這いになりながらそう言った。彼はずっとにこやかな表情を浮かべている。

「ボール、見当たらないね……。境目の電磁シールドが弱くなってて、コースを飛び越えたとか？」

オレはそう言ったが、

「うーん、そんなことあるかなぁ」

彼は首を傾けながら考えこむ。たしかにオレ自身、その可能性には懐疑的だ。安全面はかなりしっかりと組まれているはずだからだ。

「でも、消えるわけないしなぁ……」

彼はそう言って、その言葉に少しだけドキッとした。

そう、〝消えるわけがない〟。しかし、KYOMUがあちこちで、色んなものを消し去っている……。そして今も、どう考えても自分の目の前で消えたような……。

オレはその考えをとりあえず頭の中から振り払い、ボールを探す。

「向こうのベンチの方に跳ね返ったかもしれない。もう少し範囲を広げよう」

男は笑顔でそう提案したので、オレたちは境界線のシールド沿いに、それぞれ分かれて探すことにした。

境目には、ベンチは数メートル間隔に配置されている。

ふと、自分の座っていたベンチの二つ隣のベンチの下に、白い何かがあるのが見えた。ボールがあったと思い、オレは身をかがめ、ベンチの下の雑草の中に手を伸ばす。だが手を伸ばした時点で、それがかなり古いボールで、半分つぶれ、ひしゃげているのが見えた。先ほど飛んできたボールとは違った。

しかしそれよりも驚いたのは、ベンチの下からは公園の景色ではなく、細い路地があり、向こう側に古い小さな石の祠《ほこら》があるのが見える。人一人が通れるくらいの木でできた鳥居もある。

（あんなところに、神社？）

オレは一旦体を起こし、ベンチの上から公園を見るが、そんなものは見当たらない。

（一体、どういうことだ？）

もう一度身をかがめると、明らかにベンチの脚の下から見えている景色はここことは違う。その鳥居の中に静かに佇む祠が妙に気になってしまい、オレは立ち上がらずに、そのまま吸い寄せられるように、ベンチの下をほふく前進して潜るように進んだ。それ以外に何も考えられなかった。

ベンチの下を潜り、境界線に張られた厚さ数ミリの電磁シールドを、オレの全身がすり抜けたところで、石の祠が眩しい光を放ち、オレは思わず目を閉じた。

しばらく、目が霞んで何も見えなかったが、だんだんと目が慣れると、急に景色が一変した。

緑あふれる公園ではなくて、ビルが立ち並び、多くの人が行き来する都会のど真ん中でオレは道路の上に腹這いになっていた。

あまりの驚きに言葉も出ずに、息を止め、その姿勢のままオレは硬直してしまった。

トーキョー、のようだが色んなところが違う。一番驚いたのは車輪付きの四輪車。ガソリン車なのか？　モーターのエンジンの音が聞こえる。排気ガスの臭いもする。博物館とか、よほどのカー・マニアしか保有していないはずのクラシックカーだ。しかし、今見えている車はすべてそれだ。

後ろから、けたたましい音が聞こえた。振り返ると、一台の車から警笛のクラクションを鳴らされている。

先ほど見た鳥居と古い祠どころか、今までオレがいた公園の芝生も、ゴルフ場も、ベンチも、何ひとつなかった。

クラクションがさらに激しく鳴らされている中、オレは周りを注意深く見渡す。さっきは公園にたくさんの人がいたが、周りにはオレとたくさんのクラシックカーしかいないことに気づいた。みんな、道路の向こう側へ渡ってしまったのだ。

(そうか、信号か)

歩道は赤信号で、オレが道路の真ん中で突っ伏しているせいで、車が通れないのだ。オレは慌てて立ち上がり、そこから離れて、歩道へ入った。スカイロードが整備されているので、信号機がある歩道なんて、トーキョーにはほとんどないのだが……。何がどうなっている？　混乱しながら状況を観察すると、人々はまた次の信号が変わるのを、道路沿いで待っているようだった。

ビルの壁に電光掲示板があり、とりあえずオレはそこを眺めた。見知らぬ女が音楽に合わせ踊っている。

外は夕暮れ時刻で、気温は暑くも寒くもなく、湿気も乾燥も感じなかったが、全体的にぼんやりとした空気感が辺りを包んでいた。

信号が再び変わり、通りの向こうから一斉に人がやってきて、こちらにいた人たちは、向こう側に渡る。車は道路の向こうで大人しく停まっている。上空を眺めるが、こんな都会にもかかわらず、反重力走行の車体は一台も飛んでいない。

（ここは、どこだ……？）

ビルの壁にあるモニターはすべてフラットな平面画像で、３Ｄのホログラフィック広告は一つもない。平面的な画面の中で、また先ほどと違う、見たことのない女が歌っている。

オレはどうしていいのかわからず、ただぼんやりとその光景を見ていた。

そこでふと目の前から歩いてくる若い男に目を取られた。なぜならその男は赤い靴下を履いていたからだ。黒いスリムのデニムパンツにスニーカーというスタイルだが、丈が短く、赤い靴下がとても目立つ。そしてそれがまた、オレの気を引いた。

赤い靴下を覗かせながら歩く若い男は、軽快な足取りでオレの横を通り過ぎて、繁華街のような、両サイドに様々な店舗が並ぶ通りに入っていった。

オレはその男の後を追った。それしかやることは見当たらない。

左右には有名なハンバーガー店もあったが、ほとんどが知らない店であり、アパレル店も、ちらっと見る限りはあまりお目にかからないようなデザインの服が多かった。音楽があちこちから聞こえたが、どれも聞き慣れない楽曲だと思った。

しかし悠長に周りを観察している余裕はない。赤い靴下の男はかなり早歩きだったし、人も多いので見失わないように集中していないとならなかった。

通り過ぎる人たちが無数にいるのだが、なぜか現実感がない。誰も彼も、他人に無関心のようであり、それどころか自分自身にも無関心のような、生きているのかわからないような、奇妙な薄っぺらさがそこにあった。

男は小さなビルに入った。その通りの中では比較的大きなビルだが、かなり古びた建物だった。

オレは男の後ろを距離を置いて歩いていたが、建物に入ったので、急いでオレもビルに入る。

ビルはやはりかなり古い建物らしく、中に入っただけでカビ臭い湿った臭いが鼻をついた。

男の姿は、すでになかった。

しかし、エレベーターが動いていたので、オレは階数を示すランプを確認した。

ビルは8階建てで、エレベーターは5階に止まったようだった。

オレはボタンを押し、エレベーターがやってくるまで周りの様子を見る。とにかく様々な違和感があった。コンクリートの壁も、エレベーターのスイッチのプラスチックも。この空間も、通りを歩いている人々も。何かがおかしい。すべてが現実感に乏しい……。

そんなことを考えていると、エレベーターはやってきた。オレは唾を飲み込んでから中に入り、5階に向かう。エレベーターはカタカタと揺れて、やけにゆっくりと進んだ。

「可燃ゴミは月・木」

「○○月●日、水道工事で断水」

壁にはそんな張り紙がしてあった。その張り紙はとても生活感があり、リアルなくせに、リアルさを模倣したような、奇妙な胡散臭さが漂っていた。そう、すべてが胡散臭いのだ。現実離れしている。

オレが身の周りを包み込む薄気味悪さに悪寒を感じた頃、エレベーターは5階に到着し、扉が開いた。

ドアが開くと、通路のようなものを想像していたが、そこはいきなり住宅の一室になっていた。台所があり、テーブルがある。リビングルームのようだ。

しかしなぜだろう？ 来たことのない場所。なのに、オレはここを〝知っている〟という漠然とした手応えがある……。そして先程まで感じていた胡散臭さではなく、むしろしっくり来る光景なのだ。

エレベーターから出て、オレは自然な動作で部屋の中に入る。そして部屋の中を数歩進んでから靴を脱いだ。玄関はなかったが、ここは靴を脱ぐ場所だということも知っている。

知らないのに、知っているという奇妙な感覚。靴を脱いでから、オレは部屋の中をどこか懐かしむような気分で眺めている。

奥に人の気配があることに気づく。

半開きになったドアがあり、オレはそこからそっと中を覗く。先ほどの赤い靴下の男だろうか？

中は足の踏み場もないほど散らかっている。本や雑誌や、小さなコンピューター端末のような、見たことのない機器が散らばっている。しかし、見たことのない機器だが、その機器にはなぜか見覚えがある……。

「よお、待ってたぞ」

そう声が聞こえた。不思議と警戒心は抱かず、むしろその声に吸い寄せられるように、オレはドアを開けた。

デスクの上の大きなモニターの前で、こちらに背を向けて座っている男がいる。先ほどの男ではない。服装も背格好も違う。

オレは何も言わずドアの前に立ち、その男が何か言うのを待っていた。男はかなり古いタイプ、いや、ビンテージレベルの旧マッキントッシュのコンピューターを使っていた。１００年以上前のモデルでは？

彼は旧式のキーボードにタイプし、何かを入力しているようだったが、しばらくすると手を止め、椅子をゆっくりと回転させて、何も言わずにこちらを振り向いた。知らない男だった。

しかし、支離滅裂だが、オレはこの男を知らなくはない……。一体どういうことだ？

「ここでは俺の時間は無限にある。なんせ時間の存在しない世界だ」

男はおもむろに話し始めた。

「しかしお前との時間は限られている。矛盾してるだろ？　そう、矛盾しているんだ。お前の頭では理解できない。外側に立ってみて、それが矛盾ではなく『法則』だと理解できる。とにかく、時間が限られている以上はゆっくりしてけとは言えない。だから真剣に俺の話を聞け」

男はオレが何か言う前に、人を小馬鹿にしたような、尊大な態度で言った。しかしこの話し方もよく知っている。悪気があるのではなくて、こういう男なのだ。

「兄ちゃん？」

僕は自分の寝言と同時に目が覚めた。

しかし、目が覚めてすぐに頭と目の奥の方に鋭い痛みが走った。

「風次！」

カオルコの叫ぶような声が少し離れた場所から聞こえた。声の聞こえた方向を見ると、カオルコは鉄格子の中にいて、柵を両手で掴みながら、「風次！　大丈夫？」と悲痛な声で言う。

（カオルコ？　どうしてそんなところに？）

僕はベッドの上に寝ていた。また、おかしな夢を見ていた。死んだ兄がいた……。

「風次！」

もう一度、彼女の声が聞こえて、僕は現実に意識を戻す。そう、多分、現実に。日に日にどちらが現実なのか区別が難しくなる。

カオルコと、自分のいる場所をさっと見渡しただけで、鉄格子の中にいるのはカオルコではなくて僕の方と気づいた。

僕のいる場所は、窓のないコンクリートの四角い空間だ。拘置所のようだ。

カオルコのいる場所もコンクリートの通路で、すりガラスの小窓がある。外は薄暗いが、それが自然光なのかどうかはわからない。

通路の奥の方はよく見えないが、ジャンク街の警備の腕章をつけた軍人が一人、置物のように立っている。

僕は痺れる鼠蹊部《そけいぶ》や太もものあたりをさすりながら、自分の身に何が起きたのかを考えてみる。

そうか、さっきジャンク街の外の特区カフェで、大男が……。多分、あの男が警官の電気棒を受けたせいで、密着していた僕も巻き添えを喰らったのだろう。

立ち上がろうとするが、全身が長時間同じ姿勢でいたかのように強張り、特に下半身が痺れていて、ベッドから落ちそうになった。

「カオルコ、足が……、痺れているんだ。電気ショックを受けたからなんだろう。とにかく、どうして僕はこんな所に?」

「もう3時間も眠っていたのよ?」

3時間か……。電気ショックで気絶したのだ。ということはそろそろ夕方だろうか?

それにしても、脳とか神経系に異常がないか心配だ。僕は痺れる足をさすりながら思う。

「警察に、さっきの男の人と一緒に事件を起こしたって……。それで正規の身分証を持っていないから、一般居住者として証明ができないから解放できないって言うの。私が何度言っても……」

なるほど。事態は理解できた。ジャンク街の住人に、もしも僕が政府中枢のプログラミングエンジニアだと知られるとよくないと思って、簡易の戸籍ＩＤは持ってきたが、認証ＩＤを持ってこなかったのだ。それが裏目に出たのだ。

「わかった。認証チップ入りのＩＤは、万が一に備えて持ってこなかったんだ……。とにかく、責任者に会わせてくれ。母さんに言って、認証ＩＤを持ってきてもらうとするよ」

「私から連絡したわ。でも、都合の悪いことに大きな交通事故があったの。だから今日はもうバスが動いていないのよ。だからどうしていいのか……」

「仕方ない……。とにかく、事情だけでも話そう」

カオルコは僕の体を気遣って「横になってて！」と強い口調で言い、奥の方へ消えた。僕はその間、自分の体をゆっくりとほぐした。指一本ずつに、神経を通わせるように、丁寧に動かす。

しばらくするといかにも軍部の中間管理職の人間とわかる服装と雰囲気をした、痩せて冷たい目つきをした男と一緒に戻ってきた。

僕は職業や細かい個人番号なども明記された認証ＩＤを家に忘れたこと、母がこちらに向かっているが、バスが動いていないことなど伝えた。そもそも、認証ＩＤの番号とパスワードさえあれば識別できるはずだから、それでここから出してくれるように頼んだ。

「我々は規則で動いています。あなたはカフェで暴力事件を起こし、拘束されている容疑者なのです」

男は後ろ手に組みながら、冷淡に話す。

「ちょっと待ってください。暴力事件って、彼女が無理やり男性から腕を掴まれたんです。それを離そうとしただけで警官が電気ショックの……」

僕が冷静に説明をしていると、

「我々は規則で動いています」と、先ほどよりも強い口調で、彼は僕の言葉の上に被せてきた。

「警察組織や軍から規則を失くしたらどうなりますか？　それは機能しない、ということです。システムにはルールがあります。もちろん、あなたの行為は重犯罪ではありません。証言も得ています。あなたはどちらかというと被害者に近いのでしょう。しかし、留置所から出るには、正式なＩＤ証明書、身元引受人と、三親等以内の明らかな関係者の保証がないと出せません」

男はゆったりとした、しかし義務的な口調で僕にそう話した後、カオルコの方を振り向き、「先ほどもお伝えしたはずですが？」と、ねっとりとした声で言った。

「でも、番号で証明はできるはずです。確認してくれませんか？」

僕は暗記している16桁の番号と、生年月日を伝えた。

男は面倒くさそうに腰のケースから小さな端末を取り出して、何かを入力した後に、

「はいはいはい。島田風次さん。28歳。おやおや、エンジニアの方ですね？　こんなところにいらっしゃるのは危険ですよ？　はい、あなたの身元はわかりました」

と、億劫そうな態度で言った。

「では、ここから出られますよね？」

「いや、それは規則です。条件は先ほどお伝えした通りです」

「え？」僕はあっけにすら取られた。

「なんでですか？　身元がわかっているのに、証明書がないと出せないなんて……」

僕は基本的に感情的にならないタイプだけど、さすがに胸の中でもやっとする。この現状はもちろん、男の話し方も、人を怒らせるためにやってるとしか思えないくらいの悪意を感じた。そう、僕はこの悪意に対して、不快になっているのだ。

「今のご時世をわかっていますか？　それにここはジャンク街です。犯罪者の巣窟なんです。あなたはたまたま島田風次さんの番号を知っていたのかもしれない。顔が似てい

るだけかもしれない。それだけではここでは証拠にならないのですよ？　ここの警備はそれほど厳重なのです。そんなところで揉め事を起こしたのはあなたですよ？」

男は先ほどから一定のリズム感で話す。声もテンポも、とにかく不快だ。

「風次は何もしてません！　何度も言ってるでしょ！　男の人が急に腕を掴んできたのよ！　こんなのおかしいわ‼」

カオルコが叫ぶ。彼女は僕と違ってすぐに感情をストレートに出す。

「私はあくまでもジャンク街の住人2名による、カフェでの喧嘩騒ぎとしか、警官から報告を受けていません。報告がない以上は、そんな事実はない、ということです」

「そんな……」

カオルコがさらにつっかかろうとすると、男は手を前に出して、それを制して、先ほどよりも随分と強い口調でこう言った。

「私からは以上です。私は任務を遂行しています。その任務を妨害しますか？　ここではあなたがどこの何者で、政府関係者でも、仮にどんな心正しい教団に属していても、規則が優先されます」

「カオルコ！　もういい」

僕は彼女の身の危険を感じてカオルコを制した。この男は本気でなんでもやると思った。

「僕は大丈夫だ！　今日は無理でも、明日にでも母さんが来てくれれば出られる。君ももう帰っていい。やることがあるだろう？」

僕は大きな声で、男にも聞こえるように言った。

「でも……」

カオルコが興奮した表情で言うが、

「仕方ない……。こういうこともあるさ……」

そうだ。仕方ない。今の時代は、仕方ないことが多すぎる。

「仕方ない……、それって風次の口癖よね……」

カオルコにそう言われて、なんだか悲しい気持ちになった。でも、逆らったり、足掻いたところでどうにもならないことが多いのだ。多すぎるのだ。僕は感情を切り離し、仕方ないのだと水に流すうちに、それが口癖になってしまった。

男は僕らのやりとりを見て、ふんっと鼻を鳴らしてから、端末を腰袋のケースにしまい、通路から離れていった。彼がコンクリートの床を歩くと、ゴム底の靴のぺたぺたとした音がのっぺりと鼓膜に張り付くように聞こえた。その音はまるで彼の人間性そのもののような足音だと思った。

「風次、でも……私……」

「カオルコ……」

僕はようやく、足の痺れが回復し、ベッドから下半身をおろして、ゆっくりと立ち上がることができた。

「さっき、話の途中だったけど、君には、君の行く場所がある」

僕は鉄格子の前へ進みながら話した。

「いや……そんなのいやだよ」

彼女は震えながら首を振り、ポロポロと涙を流した。

「頼む。僕のためだと思ってくれ。僕は君が、君の望みを叶えて、健康に、元気に生きてくれることが望みだ」

僕の望みはもはやそれだけだ。彼女だけがこの世界唯一の希望だ。

今すぐカオルコを抱きしめたいところだけど、頑丈な鉄のパイプ越しでそれは叶わない。そしてこの距離はこれからもっと離れていくのだ……。

僕は檻の隙間から手を伸ばし、彼女の髪の毛と、涙に濡れる頬に触れた。彼女の頬も涙も温かくて、僕の指先が冷え切っていることに気づいた。ここはとても寒い。

「今は、そんなこと聞きたくない。考えたくない。パパに、相談する。でも、もしも、それでもダメなら、私も……」

「だめだ！」僕は強い口調で言う。

「カオルコ。君は行くんだ。言ってただろ？　地球の自然を守りたいって。地球と生きていきたいって」

彼女は自然が好きだった。動物や、植物や、川とか山、森が大好きで、子供の頃からずっと自然を愛して、自然の保護をする活動に携わっていた。僕はそんな彼女が大好きだった。こんな時代に、彼女に会えて、一緒にいられることだけが、唯一とも呼べる喜びであり、こんな時代でも生まれてよかったと思えたことだった。感情を押し殺す僕の心に、温かさが戻ったのは彼女のおかげだ。

だから彼女は最後まで、地球と共に生きて欲しいと、心から願う。僕自身はどうなっても構わないけど、彼女だけは、彼女の望みを叶えて生きて、生き抜いて欲しい。僕らや、多くの人間たちのように、政府の方針でデジタルデータ化され、バーチャル世界の住人になんてなることはない。

彼女は俯《うつむ》いて何も言わずに涙を流している。僕は鉄格子の隙間から出した指でその涙をぬぐい続ける。

「面会時間はまもなく終わります。お引き取りください」

それが置物のように微動だにしなかった男から発せられた声だと、僕もカオルコも一瞬わからなかった。きっと訓練された軍人なのだろう。彼らは普段から必要最小限のことしか行わないように徹底している。見張れと言われれば、純粋に見張り以外のことはやらず、しかし、いつでも敏速に動けるように体力や集中力は保っている。

「痺れはだんだん取れてきた。大丈夫だ。母さんにも明日来てくれればいいと伝えておいてくれ。仕事も1日くらい欠勤しても問題ない」

「また、明日も来るね」

カオルコはそう言ってから、僕を睨みつけるように「まだ、諦めてないからね」と付け加えた後、何度かこちらを振り返りながら出て行った。

そして僕は留置所でひとりぼっちになった。

ふと横を見ると先ほどの軍人がいたが、彼がいることで僕の孤立感は余計に増したような気がした。

とにかく、今はここから出られないのだから、ここにいるしかない。

携帯端末はポケットに持っているが、ジャンク街は専用の電波がない。タブレットなら非常電波を受信できなくもないが、大きな荷物は没収されたようだ。

そう思ってポケットから取り出すと、この施設専用のWi-Fi電波が存在していることがわかった。

パスワードはもちろんわからない。携帯端末がネットワークに接続できれば、母親にも連絡ができるのだけど……。

「あの、Wi-Fiのパスワードとかって、教えてはもらえませんかね？　端末はあるのですが、もし使えると助かるんですけど……」

僕はまず無理だろうと、まったく期待せずに、見張りの軍人に鉄格子から尋ねてみた。すると、

「問題ありません。パスワードはアルファベットの小文字でtokyo。数字で０５６７。誰でも使えます」

彼は先ほどよりも人間らしい、抑揚のある口調で話した。

「えっと、ありがとうございます」

僕は忘れないうちに「tokyo0567」と、パスワードを入力してみた。すると問題なく使えた。

端末がネットワークにつながると、母からメッセージが数件入っていた。道路情報や交通サイトを見ると、確かに事故で通行止めになっていた。事故は雪のせいで視界が不明瞭になってスリップしたとのことだ。

母にメッセージを返す前に、ここから出られる方法が他にないかを調べてみる。ジャ

ンク街のトラブルや、拘置所などの法律など。

しかし、1時間ほどインターネットサイトを探し回ったが、ジャンク街に関しての行政や規則はとにかく複雑で、結局よくわからなかった。

僕はそこでふと思いつき、職場の同僚のコマツという男にメッセージを送った。コマツは今は違う部署にいて、プログラムの法的な問題の検査業務をしている。

個人的にはさほど親しいわけでもないし、正直好感の持てる人物ではないが、こういう時は頼りになる男だ。

とりあえず今の現状と、他に手立てがないかアドバイスが欲しいと。

僕はメッセージを送信してから、さて、これで自分にできることがなくなってしまったと思い、ベッドに腰をかける。

下半身の痺れはほとんどなく、体は元気だ。しかし、そうなると今度は途端に腹が減ってきた。気絶する前に特区カフェでライスコーヒーを飲んだだけだった。今の時代、満腹に食事をすることなどほとんどなく、誰もが慢性的な空腹には慣れているが、やはり少しは腹に入れたい。

(食事は出るのだろうか……)

僕は再び立ち上がり、警備の男に尋ねようと思ったところで、端末にメッセージが入った。コマツからの返信だった。

「久しぶりに連絡来たと思ったらずいぶん災難だな。で、こちらから、警備システムの運営に問い合わせた。やはりＩＤがないと出られないそうだ」

そうか、やはりそうか……。

ため息をついた時、立て続けにメッセージが入る。

「しかし、今の君の状態は犯罪者ってわけではない。保証人がいればジャンク街方面なら自由に出入りできるはずだ。オレも一応政府関連の仕事だから、電子署名しておいた。これですぐに出られるぞ。それくらいの権限は認められる」

ジャンク街へ……？　そんな法律があったとは。

といっても、行くところもないし……。

コマツからまた新しいメッセージが届く。

「ジャンク街もこの頃は悪質な暴力事件は起きていない。噂では、そこの住人の一部は密かに食い物や酒を確保していて、こっそり酒を飲める場所があるらしい。行って噂を確かめてきたらどうだ？」

確かに、その噂は聞いたことがあるが、コマツはずいぶんと簡単に言ってくれる。彼はいつもふざけているのだ。そんな恐ろしいところへ行けるものか。

しかし、コマツに言われた通り、しばらくすると先ほどの担当の軍部の事務官がやって来た。

「連絡が入りました。身元保証が適用です」男は鉄格子の前で姿勢良く立ち止まり説明した。

「島田風次さん、ジャンク街への出入りは自由です。外出の際は警備の者に伝えてください」

のっぺりとした口調だが、どこか嫌味のような棘を感じる話し方をする。

「出ます。行きます」

僕は即座に答えた。とにかく今はここにいたくない。この男の顔を見ただけで余計にそう思った。

「わかりました」と言って、男は横にいる警備の若い男に顎先で指図をした。

牢の鍵が開けられ、事務官に案内されると、鉄条網の扉が左右にあり、

「右です。左側は、外の電線に高圧電流が流れていますから、間違ってもおかしな気を起こさないください。あ、こちらに電子サインを……」

事務官は冷淡な口調なのに、どこか笑いを含んだような、気に触る話し方をしたが、僕は何も答えず、タブレットにサインをして、右側の扉から外に出た。外はすっかり薄暗

く、雪がしんしんと降っていた。

予想通り寒かったが、新鮮な空気はありがたかった。

以前に炊き出しボランティアで来た時は、ジャンク街はお世辞にも清潔とは呼び難く、半倒壊した古い建物が並び、悪臭を感じられたが、その時はもう少し暖かい季節だった。しかし今は雪と冷たい空気のおかげで、すべてが浄化されたかのような爽やかさを感じられる。

しかし、そうは言っても外に出たからといって行く当てなどない。もう12月だ。外で過ごしても凍死してしまう。

とりあえず炊き出しなどをやっていた広場に行く。記憶を辿るまでもなく、ゲートを出てすぐに広場は見える。

そこには誰もいなかった。日中はゲートとの出入りがあるので軍の人間や警官がいるけど、午後3時には完全に閉ざされる。きっと誰もここに用がないのだろう。

広場の西側の中央部分には、トタン屋根のついた物置がある。そこには炊き出しのための大きな鍋がひっくり返されて置いてあり、カマドもあった。雪がかからないようにブルーシートのかけられた薪と合成ペレット燃料も用意してある。

僕はとりあえずその物置のようなスペースに行った。足が雪に埋まっているだけで体が冷える。ここは屋根の下なので雪が積もっていない。

道路は真っ直ぐに伸び、左右に細い路地がたくさんある。ここから見る限りでは、人の気配もない。無人の道に、ぽつぽつと街灯の照明が並んでいる。想像していたよりも穏やかな雰囲気だったが、逆にそれが無法地帯に足を踏み込んだという不安も生む。

だからこの道路の先に進んでみたいという好奇心は確かにあるが、それよりも怖さが勝っている。

ふと物置の横を見ると、小さな神社の社《やしろ》があることに気づいた。鳥居はなく、木製の社はずいぶん古いもので、掃除はされていないようだった。陶器でできた小さな白い狐の置物が二つ、対になって並び、南天のような赤い植物が小さな瓶に活けられている。

僕は特に何か思ったわけではないが、なんとなくそこに向かって手を合わせ目を閉じた。神に何かを祈るというか、願い事をすることはない。そんな気持ち、もはや誰もが失ってしまった。そもそも僕はフレンズの信者なので、教養として偶像崇拝は推奨されていない。しかし、やはり手を合わせ、こうして生きていることに感謝をする。この国に生まれた人間なら、自然とそう思うのかもしれない。

手を合わせてて、大事なことを思い出した。

（夢だ！　夢の中の僕はベンチの下で神社を見つけ、そこをぐるると別世界だった。そう、まるで昔の渋谷のスクランブル交差点そのものだった……。子供の頃に見た景色そのままだ。

そしてその後、繁華街に入り、どこかの雑居ビルの中に兄がいたのだ。しかもあの部屋は、僕の知るままの兄の部屋だった……)

目が覚めてから怒涛の展開だったのですっかり夢の事を忘れていたが、まるで兄は夢の世界で生きているようだった。

元から奇妙な夢とはいえ、今回の夢はさらに奇妙だったのだ。

兄が自殺したのは9年前。当時25歳だった。しかし夢の中の兄はとてもリアルだった。今まさに生きているような、9年分歳を重ねた30代半ばの、年相応の兄の姿に思えた。

ふと、おかしなことを考えた。

(兄が生きているのなら?)

兄の遺体は、飛び降り自殺だったせいで、顔が潰れていた。DNA解析と歯形の一致、という報告はあったが、あれがもしも、兄ではなかったら……？

いや、そんなバカな……。それに、夢の中だ。夢の中で会ったからといって、なぜこの現実で生きていることになるのだ……。

「こんな現実が、現実か？」

後ろから突然、僕の胸の中の言葉に応えるように、かすれた男の声が聞こえた。僕は心臓が止まりそうになりながら目を開けた。

「げ、げ、現実はこれか？　こ、これでいいのか？」

僕は息が詰まりそうになりながらゆっくり振り返ると、大きなアルミ製の鍋の横に、この寒いのにやけに薄着の中年の男がいた。中年といっても、50代から、初老、といった雰囲気だ。

しかし薄着なので体つきがよくわかるのだが、かなり筋骨隆々のたくましい男だった。

「こここ、ここれが現実だと、とと、思うか？　ここ、こんな世界が」

彼はどうやらうまく喋れないようだった。思ったように言葉を話せない病気なのだろうか？　声は見た目の印象に反して妙にかすれて、弱々しく、優しかった。

「お、お、お前、どう思う？」

彼は僕に尋ねているようだった。

「そ、そうですね。これが、現実なのかと、疑いたくなります」

僕は合わせていた手を下ろし、恐る恐る答えた。一応、ここはジャンク街と呼ばれる隔離地帯なのだ。

「ああ、ああ、ゆゆ、ゆ、夢だったらいいなって思うよ。お、お前はそう思わないか？」

「はい、夢なら……」

醒めて欲しいと思う。こんな世界ならば、今すぐに。

「お、お、おお前、かっ神様信じてるのか？」

彼は僕の顔を真っ直ぐに見て話す。

「え？　いや、信じてるというか……」

「だって、手を合わせてただろ、ろ？　こ、この街でそんなことをする奴は、あん、あん、あまりいねぇ、か、からな。ばばばばあちゃん達くらいだ」

（ばあちゃん？）

「まあ、子供の頃から、なんとなく……」

僕は曖昧に答えたのだが、男は嬉しそうに話し始めた。

「お、おっ、オレも昔はな、じ、神社によく通った。近所にあってな。別にお願いとかするわけじゃねぇんだ。た、ただ気持ちいい場所だからそこに行ってたってだけだ。そそれがこんな世の中になっちまってからは、まったくそんなものに寄り付かなくなったなぁ。ぜぜぜぜ、全員そうだ。たっ、多分、心の余裕とか、そういう気持ちがねぇと、か、神様に手を合わせようなんて気になれないよな？　そもそも、これから人間が全部し、し、死ぬかもしれねぇって、みんな言ってんだ。なあ？　お、おま、お前はこ、こ、こ、そ、それが天罰だと思うか？」

男は唇の横に白い泡を立てて、口ごもりながらも早口に話した。目つきもどこか焦点が合っていないし、その勢いに圧倒されたのか何も答えられず、僕はただ「はぁ」と生返事しながら、どんな表情をしていいのか困っていた。

「でで、でも、こうして生きているんだから、ももも文句は言えねぇか」

しかし男は僕の反応には興味がないのか、そう言ってからこちらに来て、小さなイナリ神社の社に手を合わせ、目を閉じた。

彼が何を祈っているのかわからないが、僕はやはりここを離れて留置場へ戻った方がいいのではと思った。

「と、とととところでお前」男は手を合わせたままこちらを見て話す。「ささ最近入ってきたのか？　お前みたいなキレイな服着てる奴は、たた、大抵コンピューターで悪いことしたのが、ばばばバレた口だろ？」

僕はここは話を合わせておく方がいいと思い、「ええ、まあ……」とうなずいた。

彼の言った内容は事実だった。

ここ数年、Kyu-KyoKuに移行した際に、何らかの有利なアドバンテージを得ようと、ハッキングしてプログラムにアクセスする犯罪が跡を絶たなかった。僕は政府に不法侵入するハッカーに対する監視ソフトウェアのアップデート作業などもしていたので、その辺の事情はよく知っている。

「ふー、な、んんなんか、いいもんだなぁ。手を合わせるってなぁ。手と手のシワを合わせて幸せっていうんだって、小さい頃、かかかかあちゃんから言われたな」

彼は手を下ろしてからそんなことを言った。先ほどよりもすっきりとした顔をしていた。彼は子供のような人なのだと思った。それが先天的なものなのか、後天的にこうなったのかはわからないが、彼から感じるものはそういう純粋なものだった。

「そそそ、そういえばお前。あ、あっちにもこういう神社があるんだ。一緒に来てくれ。一緒、てて、手、合わせよう。そっ、そそそれから、お前、めめめ飯食ったか？」

「いや……」

僕は口ごもる。一度に色んな事を言われて、なんと答えていいかわからない。そして食事はしていないが、この街の奥へ進むのは危険すぎる。

「あああ朝にさ、そこで、たた、た炊き出しがやってた。でで、でもな、あんなもんじゃ腹の足しにならねぇだろ？　だ、だから、来い！　お前、ききき、きっといいヤツだから。新入りでも、だだ、大丈夫だ！」

ここで普通に断ったら疑われるので、僕はなんと言ってこの場を切り抜けようか頭を働かせた。

「あー、雪もややや、止んだ。オレ、靴がビショ濡れだ」

男はズボンの裾を上げて、皮を丸めただけのようなボロボロの靴を見せた。しかし、それより僕の目を引いたのは、彼が膝まである真っ赤な靴下を履いていたことだった。

「おし、い、っ、行くぞ、ニイちゃん」

彼は僕の返事を待たずに、鍋やら釜が並ぶ物置から出て歩き出した。僕は少し迷ったが、彼の後をついていくことにした。なぜだか知らないが、ここはついていくべきなんだろうと、そう感じた。兄がよく、赤やらオレンジやら、そういう色の靴下を履いていたからかもしれない。

10 ―――― 謎の男と一万人委員会

「真剣に話を聞け」

男はそう言ったが、オレには意味がわからない。

「あんた、一体誰だ?」

オレはそう聞いた。男に対して、なぜか抑えがたい懐かしさのような気持ちを感じながら。

「お前をここに呼んだのは、監視システムから逃れるためだ。めんどうくさいことをさせてしまったけど、お前自身があのリンクポイント、そう、ベンチの下から、電磁シールドの境目を潜らないといけなかったんだ。境界線に神は宿るって聞いたことないか？」

男はオレの質問には微塵も答える気がなさそうだった。

「一体、ここはどこだ？　あのベンチを潜ったら、見たこともない街にいて、赤い靴下の男を追ってここに来た」

「ああ、赤い靴下はほんの遊び心だ。特に意味はない、気にするな。ただ、お前の気を引くためだ。なんせ、お前の意志でリンクに入ってもらわないとならなかったんだ」

男はようやくオレの質問に答えて、スリッパから片足を見せた。

「ちなみに好きなんだよ、こういう色の靴下が」

彼は赤い靴下を履いていた。

「一体、……何の目的だ？」

この男のことは信頼できる、と、漠然と感じている自分がいる。しかし、嘘でも本当でも、薄気味悪いものを感じないわけにいかない。

「俺が誰かという前に、さっきの話の続きだ」

男は尊大な態度で背もたれに寄りかかり、肘掛にゆったりと腕を置いた。

「ここはデジタル・トーキョーの初期プロットだ。Kyu-KyoKu移行の体験版などで使われたバーチャル世界。つまり仮想空間だ」

「仮想空間？　ここが？」

オレは周りを見渡す。バーチャル・ネットで仮想空間に入って遊ぶことはあるが、ここはどう見ても現実だ。

「Kyu-KyoKuってなんだ？」

オレは尋ねる。どこかで聞いたことがある単語ではあった。夢の中で聞いたような……。

「ところで、すまないと思ってるよ。なんせお前しかいなかったんだ。DNA解析のできた身近な人間は家族と、数人の研究所の仲間しかいなかった。でも適正があるのはフウジ、お前しかいなかったんだ」

男はまたオレの質問には答えず一方的に話したが……。

（フウジ……。いや、オレはフータだ……。でも、なぜか違和感なく受けいれてしまえるような名前だ。どこかで、何度も耳にしたような……）

「ここでしかアクセスできなかった。初期プロットの仮想空間は構造も雑でな。まあ、俺の先輩のエンジニア達がプログラミングしたんだが。当時の技術だとこんなもんだ。で、えーっと、フータくん。お前が住む世界は、俺たちのチームが基本的なシステムをプログラミングしたんだが、居心地は……」

「はぁ？　ちょっと待てよ」オレは思わず口を挟む。

「……どういうことだ？　世界をプログラミングしたって？」

男はオレが口を挟んだことが気に食わないのか、少し不機嫌そうな顔をして話し始めた。

「そうだ。信じられないだろうが、ここは仮想空間であり、お前の住んでる場所もそうだ。だから時間なんてものは存在しない。ただのデータだ。お前は元の人格とアルゴリズム、そして遺伝子情報から人工知能によって割り出された人格と記憶を与えられて、このバーチャル世界に生きている。元の記憶との接点は消されている。当然だ。あったらややこしいもんな。それがKyu-KyoKuのカラクリだよ」

「ちょっと待てよ、さっきから、そのKyu-KyoKuってなんだよ？」

「まったくわからないか？　あれだよ。夢だ。夢として、お前も見てるだろ？」

男は斜め後ろに椅子を回し、コンピューターの画面を見ながら話した。モニターには小さな数字やアルファベットがびっしりと並び、それが生き物のように動いている。

「夢……。おい、なんでオレがおかしな夢を見ていることを知っている?」

「それくらいわかってるさ。何度も言うが、このプログラムを組んだのは俺たちのチームだ。そしてある日俺は見つけちまったんだ。おかげでぶっ殺されてしまったんだけどな」

殺されてしまった……と言って彼は笑う。目の前で生きている人間が。

「世界中の人間達の意識をKyu-KyoKuと呼ぶデータ世界に閉じ込め、〝一万人委員会〟の思い通りに世界をコントロールしようとしていることを俺は知ってしまった。俺は政府中枢にいたし、プログラムのプロだ。だから機密情報にハッキングしてしまった」

「なんだ? SFアニメの話か? 人々をデータに閉じ込める?」

オレは思わず笑ってしまったが、男は変わらず冷めた表情だ。

「ああ、お前は閉じ込められている。お前だけじゃなくて、お前の世界にいる全員がそうだ。しかも、自分がデータ化していることはころっと忘れてな」

男は椅子に座ってるにもかかわらず、立っているオレに対して上から見下ろすような目線で言う。

しかしオレはなんと答えていいかわからず、思わず自分の手を広げて見つめた。この体が、データ? 何を言っている……。

「俺はその秘密を世界に暴露しようとしたが、計画が漏れてしまい、自分の命を狙われていることがわかった。そしてまず助からないと。奴らの力は絶対だった。だからすぐにこの世界をぶっ壊すプログラムを仕込んだ。まだ当時はKyu-KyoKuの構想を政府は正式発表していなかったが、フウジがやがてその計画に入る可能性が80％だとわかっていた。フウジには資質があったし、すでにアルゴリズムでその辺の予想が解析できていたんだ。だからフウジのKyu-KyoKuにおけるアバターであるお前を使い、バグ情報を撒き散らし、それはやがて向こうのシステムに異常を与え、一万人委員会の思い通りにはさせないという筋書きだ。我ながらあの短時間によくやったよ」

男はそこで薄ら笑いを浮かべてから、タバコに火を付けた。オレは彼が煙を吸って吐き出すのを黙って見ていた。今の時代、タバコは規制されているので、とても珍しかった。

「俺は連中にぶっ殺される前に意識をデータ化して、デジタル・トーキョーの初期プロットの中に潜り込ませたんだ。幾十にもファイアウォールを張り巡らせてな。それがここだ。そしてこの中から奴らの動向を見張り、お前が来るのを9年間待っていた」

男の話し方は終始偉そうな、ぶっきらぼうな口調だが、冗談は一言も言っていないと感じた。しかし、

「まったく、ちんぷんかんぷんだ。なんの話だ？　もっとわかりやすく説明してくれ」

オレがそう言うと男はまたゆったりとタバコを吸って、白い煙を吐き出してから言う。

「うーん。会話だけじゃダメか……。話せば回路がつながって思い出すと思っていたんだけどな……ふんっ」

そして男はそう言ってオレをバカにするように鼻で笑い、話を続ける。

「この世界も一種のパラレルワールドと同じだ。無数の可能性はある。しかし、その鍵を握るのは向こうにいる本体だ。つまりここはフウジの見る夢のようなものだ。ただフウジの奴は頭固いからなぁ」

まったく説明になっていない。オレは腹を立てて壁を叩いて言った。

「おい！　いい加減に……」

と、叫ぼうとして、壁を叩いた手からまったく音がしないことに気づいた。

オレは試しに、もう一度壁を平手で叩く。しかし、まったく音がしないどころか、触り心地がない。確かに壁で手が止まるのだが、何かに触れているという感覚がない。

「ああ、そこにはそんな動作をされると思って設定してないな……。ちょっと待ってろ」

男は椅子をくるっと反転させ、モニターに向かうと、猛烈な速さでキーボードをタイプした。

「もう一度やってみな」

数秒後、男はくわえタバコの顔を少しだけこちらへ向けてそう言う。

オレは一瞬躊躇してから壁を叩くと、どんっと、見た目どおりの安っぽいビニールクロスの壁紙の貼られた石膏ボードを叩いたような音と、その感触があった。

「こんなのはどうだ？　叩いてみろ」

彼はまたキーボードを操作しながら一度言った。オレは再び壁を叩く。するとなんと壁は美しく磨き上げられた大理石のようなピシャリとした音と、硬く冷たい手触りがあり、手には痛みを感じる。

「な……」

オレが言葉を失っていると、

「ほれ、こういうのもできる」

男はキーボードをカタカタとタイプしてそう言って、顎をしゃくって壁を叩けと言うような仕草をした。オレは恐る恐る壁を叩く。

「うわ！」

今度は、壁がふにゃふにゃだった。餅のような、スライムのような……。しっとりとした、生温かい感触があり、実際に壁がぶよぶよとして、壁に手がめり込む。

「ど、どうなっているんだ……」

「こんなこともできるぞ」

男は椅子を勢いよく回転させこちらに向いた。すると、膝から下が、なくなっていた。

「じゃーん！　キョム！　どうだ？　おもしれぇだろ？」

オレは腰を抜かしそうになったが、それを見て男は頬の半分を引き攣らせた。どうやら笑っているようだ。

「ちょっとからかいすぎたか。悪い悪い」

後ろに手をやり、どこかのキーを一つ打ち込むと、足は一瞬で元通りになった。赤い靴下と、紺色のスリッパ。

「もう、お手上げだ。意味わかんねぇ……」

オレはしばらく呆然としていたが、「は、ははは……」と力無く笑うしかなかった。人は完全にパニックになると、笑うようになってるらしい。

「まあショックだよな、こういうの。うん。でもな、えっと……フータ。仕方ない。お前は俺の弟なんだ。あ、でもその名前は人工知能が勝手につけたんだぜ？　フウジを、フータに。俺はあっちでは雷太《ライタ》だから、二人とも長男みてえだろ？

そう思って、俺の生前のアルゴリズムで、俺がもしKyu-KyoKuに入ったらどんな名前を人工知能が用意するかを計算してみたらよ、なんとこっちでは俺の名前は〝雷次〟になってんだぜ？　長男と次男が逆転だ。最初ははぁ？　っざけんなよって思ったけどよ、うん、ライジ。雷神みたいでかっこいいかもなって思ったよ。どうせ死んだんだ。同じ名前って方がおかしいだろ？　だから俺はライジとしてここで生まれ変わった」

男は一人で楽しそうに話すが、そこでオレはふと気づいた。

「ライジ？　あんた、まさかあの雷神なのか？」

「え？　知ってんのか？　いやいやいやいや、知るはずねぇよ。ライジン？　誰だそれ？」

男は本当に知らない様子だった。

「バーチャル・ネットで有名なゲームプログラマーってことしかオレもわからねぇけど……。なんだっけ。ロイが言ってたんだよな……。KYOMUのことを色々暴露しているとか」

「ふーん。偶然にしちゃぁできすぎているな……。じゃあ俺かもしれない」

「オレかもって……」

「俺かもしれないし、お前かもしれない。言ったろ？　時間はないんだ。明日の俺が、昨日のバーチャル・ネットにアクセスするかもしれない」

一体、何を言っているんだ？

「……なんだか、さっぱりわからねえけどよ……。さっきみたいになんでも思い通りにできるのか？　それはもう……、神の力を持ってるようなものだ……」

オレはそう呟いたが、

「いや、残念ながら、ここが俺が作った部屋で、俺だけがコントロール権を持っているからできることで、お前が普段住んでいるトーキョー・シティや、他にも全部で7ブロックの仮想世界があるんだが、それらは俺の手に負えない。それに俺が直接介入すると、すぐにバレてしまう。そうなるとここがバレて、俺の存在はデジタル的に解体される。神の力には程遠い。そもそもな、神ってのはそういうものではないんだよ」

「じゃあ、神とはなんなんだよ？」

オレがそう尋ねると、

「お前が見つけろよ。いつかわかる。話しても無駄な議論はしない主義だ」

と、冷たい口調で言った。オレは話題を変えた。

「今、あんたの足がなくなった……。キョムって言ったよな？　まさか、あんたがキョ……」

「あんたじゃねぇ。俺は自分の名前を名乗ったぞ。ライジと呼べ」

オレの言葉を制して、あからさまな不機嫌な顔をして〝ライジ〟は言った。気分の浮き沈みの激しい男だ。

「ライジ……」オレは一旦唾を飲み込んでから尋ねた。

「が、キョムのウイルスを作って、ばらまいたのか？」

「確かに、作ったのは俺だ。コンピューター・ウイルスってやつだよ。データそのものを分解し、無に帰すためのプログラムだ。しかしばらまいたのは俺じゃない」

「じゃあ誰が？」

「お前だよ」

「は？　お、オレ？」

「そう。正確にはお前の無意識だ。俺がお前の意識に仕込んで置いたものだ。それは徐々に観察される。世界の遠くで起こり、ウイルスという形でゆっくり広がっていく。噂が耳に届く。そして荒野でロボットに症状が出る、というプログラムは組んでいたよ。お前の世界で、ある段階にウイルスが認識をされた頃に起きるって。

あ、ちなみに『虚無』って名付けたのは俺じゃない。Kyu-KyoKuには数千万人分の意識データが集まっていて、実際の世界と同じように、それぞれに考えたり、アイディアを出し合って、その世界を生きているからな。まあ、なかなかセンスあるネーミングだと思うよ」

何を言っているのかわからないが、オレがKYOMUをばらまいたというのは、さらに疑問を深めた。

「なあ、あんたは……」

と言いかけると、

「ライジだ。物覚え悪いとお前の人格データをここで書き換えるぞ？　何度も言わせんな。覚えろよ」

ライジはさっきよりもさらに不快な表情を見せて言う。そして指を突き出し、威圧的な態度でオレの顔を指した。

「ら、ライジはなんで、KYOMUを作ったんだ？」

オレは言い直した。めんどくさい男だ。

「言ったろ？　Kyu-KyoKuを解体するためだ。こんな世界、間違っている。お前の肉体はどこにあるかわかってるか？　あ、今俺が言った〝お前〟って、お前じゃねえぞ？　つまり、フータじゃなくてフウジの体だ」

フウジ……。さっきから言われてるが、確かに夢の中の男は、いや、夢の中でオレは、フウジと呼ばれていた。

「ちょっと待ってくれよ。じゃあ、あの夢は現実なのか？　オレの方が夢だっていうのか？」

「ああ、そういうことだ。まあ、……本当はそっちも同じようなものなんだけどな」

「え？」

「いや、そこは今はいい。現実なんて無数にあるんだ。議論の無駄だ」

そこでライジは一旦言葉を飲んだが、オレが何か言おうとすると、その前に話し始めた。

「お前はもちろん存在している。しかし、本当のお前は今、捕われの身なんだ。お前の体、つまりフウジのボディは南極にある施設で、エネルギーを作るために、磁力やら電力を吸い取られ続けている。冬眠状態でな。お前だけじゃない。Kyu-KyoKuで平和と安全と健康な世界を意識だけで旅をして、気候変動の後には元どおりに目覚めますって騙されてな。

人間の生命はそれだけでエネルギーの宝庫だから、仮死状態にされて生体エネルギーだけ利用されているんだ。ただその間、意識が無くなると精神波と肉体の接点を失って死んでしまう。栄養だけでは人間は生きられないんだ。人間には『心』と呼ぶ、ハート・チャクラのエネルギーのバイブレーションが必要だ。だから意識だけを仮想空間にあがって、生体エネルギーを維持させておく。そしてそのエネルギーを吸い尽くすまで、この世界で思考と意識だけで遊んでもらっているってことだ。

昔、そんな映画があったんだ。21世紀の初頭にな。知ってるか？　Kyu-KyoKuにはないか……。まあ、あの映画より現実はえげつないぜ？　だって、年寄りとか生態エネルギーの低い奴らはすぐに発酵分解されて肥料や燃料にされるんだ」

「体を眠らされて、意識だけ仮想現実のバーチャル空間に？　バーチャル・ネットのようなものか？」

「そうそう。それだよ。信じられないかもしれないが、ここがすでに高度で精密で、お前らの遊んでるゲームの数億倍の画素と情報量を詰め込んだ世界。バーチャル・ネットってのはあれだな。ゲームの中でゲームをやってるようなもんだ。まあ、楽しいけどな。俺もゲームは好きだ」

さっきもそんな事を言ってだが、ここがプログラム？　オレ自身も、プログラムのデータ……？

「ライジは、さっきこの壁の質感を変えたのは、プログラムを……」

オレが質問しようとしたら、ライジは片手をさっと上げて、オレの言葉を遮り、真剣な顔つきでじっとそのまま動きを止めた。まるで周囲の気配を窺うように、緊迫した空気感があった。

「よし！　来た来た！　周波数が変わっている」

ライジは急に目を閉じて嬉しそうに言った。彼には、何か目に見えないものが感じられているのだろうか？

そしてまた振り返り、コンピューターモニターを眺め、何かを確認しているようだった。

「フウジの方にもアクセス・キーを仕掛けたんだ。お前を通してな。不安だったがうまくいった。大変だったんだ。あっちの世界は不確定要素が強いから。こっちの人間を使って、向こうの本体に作用させるのは適性もあるしな、虚数を使っての計算だから、マイナス宇宙を経由しないとならない」

マイナス宇宙？　虚数？

「なあ？　わかんねえけど、何が起きているんだ？」

「感じねぇか？　お前なら本人で連動しているからなんとなく感じると思うんだけどな……」

そう言われたので、オレは周りの気配や空気を窺ってみた。しかし、何も感じない。

「データとはいえ、質感はある。空気の質感が変わる瞬間があるんだ。ま、これは普段からやってねぇとわからない。何事も訓練だ。もう少しお前も気功とか霊感とか磨けばわかると思うぜ？　アバターといえども、感じることは可能なんだ。それはともかく、お前はこれから一旦寝ろ。寝れば夢見るだろ？　それでわかる。説明するのはめんどうくせえし、説明してもわからんだろう。ほれ、隣にベッドあるから」

ライジがまくしたてるように言ってキーボードをタイプすると、今オレが通ってきた通路に、シーツも毛布もない、診察台のようなベッドが突如現れた。しかも、以前からそこにあったかのように……。彼の指先一つで、この部屋はどうにでもなってしまうのか……。

「いや、だけどいきなり寝ろって言われても……」

寝られるわけない。眠気が吹き飛ぶようなことの連続なのだ。

「いいから横になってみろよ」

オレは言われるままに突然現れたベットに、恐る恐る腰掛け、そして身を横たえた。

「どんな感触がいい？　それくらい選ばせてやるよ」

「え？」

とオレが言ったそばから、

「こんなのとか、こんなのもあるぞ」

次々と、身を横たえているベッドの感触が、ふかふかになったり、硬くなったり、ウォーターベッドみたいになったりした。

「なんでもいいよ。ただ、眠くはないし、夢だっていつも見るわけでも、はっきり覚えているわけでも……」

「いいから寝ろ」

ライジはそう言ってキーボードのどこかをタップすると、オレはスイッチを切られたマシンのように、一瞬で全身が重たくなり、昏倒した。

ベッドはオレの好きな硬めの質感だったが、体はその中に沈んでいくような強烈な脱力感があり、数秒で意識が途切れた……。

意識を失う直前に「こんなこともプログラムでできるのかよ」と苦笑いをしそうになったが、顔を動かす余裕はなかった。

11 ジャンク街の神社

赤い靴下の男は、雪の積もった道をゆっくり歩いた。僕はブーツだったから平気だが、彼の靴は雪の中を歩くには明らかに不向きだ。

歩き出すまで饒舌だったが、彼は一言も話さず黙々と歩く。歩くことに集中しているようだった。先ほどは子供のように感じたが、今はそれとはまた少し違う。多分、何も考えていないのだ。彼の心から、真っ白な空白を感じる……。

（感じる？）

カオルコがカフェに入ってくる時も、こういう妙な直感があった。明らかにここ数日、神経が鋭敏になっているような気がする。今までの自分がどんよりとした透明のカーテンを被っていて、今はそのカーテンを脱ぎ捨てたかのような、そんな感覚だった。

自分の感覚を不思議に思いながら、僕は彼の後に続く。雪道だったので、彼の足跡に自分の足を合わせて歩くが、それでも冷気が爪先に染み込むようだった。

大きな通りは途中から斜めに曲がり、緩い登り坂になっていた。道路の路肩には数台トラックや古い型の軍用車両が停まっていて、屋根には雪が数十センチ積もっていた。坂の途中で彼は左に折れて車2台がやっとすれ違えるくらいの通りに入り、また黙々と歩いた。

ここまで来ると、さっきまでいた例の拘置所はもちろん、ジャンク街の入り口前の広場は見えない。さすがにこの先に進むのが恐くなり、僕の足取りが止まりかけた頃、先を行く男はさらに細い路地を曲がる。

そこで引き返そうかと思ったが、何も言わずに引き返すのも失礼なので、後ろから「そろそろ戻らないとならない」と、適当な言い訳をすることを考えながら路地に一歩足を踏み入れた。

しかし、用意していた言葉は言えなかった。

なぜかその路地だけは雪が綺麗にどけてあり、10メートルほどの行き止まりの先には、小さな鳥居と、小さな石の祠があった。

ここには来たことはない。しかし、僕はあの神社をどこかで見たことがあると思った。

「こ、ここだ！　ここ！」

それまで一言も喋らなかった男が、路地の入り口で大きな声を出した。急にまた、子供のような明るい空気感が僕の胸に伝わる。

「まま、毎日ばあちゃんが掃除しているんだ。きき綺麗だろ？　さっ、さっ、さっき、おお前さんが手を合わせているのを見てな、お、お、オレもこっちでちゃんと手を合わせてぇなって思ったんだ」

男は少し息を切らせながら話し、路地を進み、鳥居の外から手を合わせて、背中を丸めて参拝する。僕はぼんやりとその後ろ姿を眺めながら、とにかく彼の後に続いて手を合わせて、さっさとこの場から引き返そうと考えてた。しかし、

「おい、何してんだ？」

後ろから声が聞こえ、僕は思わず体をびくっとさせた。振り返ると若い男がいた。

「あ、すいません」

その若い男は唇と鼻にピアスをした男だった。

僕はその男に道を譲ろうとしたが、思わず路地に入ってしまった。こんな〝なり〟の男も、神社に来たのだろうか？

「お、にに、ニイちゃん、そっ、そこは、出入り口だ」

手を合わせていた男が振り返り、そんなことを言ったのとほぼ同時に、路地の左側にある金属製の壁が開いた。壁と同化しているが、どうやらドアのようだった。ドアが開くと、ムッとした、蒸れた温かい空気が流れ込んだ。中はずいぶんと暖かいようだ。

そこから出て来たのは、軍の払い下げのジャケットとわかる、所々ほつれた迷彩色のコートを羽織った、背の小さな若い女性だった。

「誰？　ちょっとどいてくれない？」

彼女は怪訝そうな顔をして僕に言った。

僕は体を壁側に押し付けて、その女性が通れるようにした。彼女はフードを被り、サイズの合ってないジャケットの中にすっぽりと収まっているように見えた。

（あれ？　この人……）

その女の人を僕は一瞬〝知ってる〟と思ったが、どう考えても自分の知り合いじゃないと判断する。なのに、なぜかよく知ってるような、不思議な感覚があった。

「マサルの知り合い？」

その女は僕の横を通りながら、すぐ後ろにいるピアスの男に尋ねた。

「ちげーよ。なぁ？　コイツ、ケントさんの知り合いか？」

マサルと呼ばれた若い男は大声で、僕からはドアの影で見えなくなった、僕をここに連れてきた男に尋ねた。ケント、というのが彼の名前なのだろう。

「ああ。ししし新入りさんだ。コンピュータでで、わわ悪いことでもして、とととっ捕まったんだろ？　さっき留置場出たそうだ。そんで飯食ってねえって、ははは腹減ってるから、つつつっ、連れてきた」

彼はこちらに背を向けたまま、首で振り返り大きな声でそう答えた。

「新入り？　コンピューター関係？　おい、ケントさん、やべぇって。ほんとに信用できんのかよ？」

マサルと呼ばれた男は明らかに不機嫌な態度になり、僕に対して警戒的な眼差しを向けてそう言った。

「おい、お前、どっから来た？　名前なんだ？　ＩＤはあんのか？」

「島田、風次、です。居住区は、東京三鷹・調布エリアで、えっと、ＩＤは……」

男の気迫に押され、僕はタジタジになりながら、ポケットからＩＤを出すと、彼はそれをひったくるように手に取った。

「あーん？　お前、このパスじゃ名前と住所くれえしかわかんねーよ。大体期限もねえし」

「だだ、だっ、大丈夫だよ。そ、そっっっ、そいつはイイやつ。いいい、いいやつだ」

ケントさんがこちらを向いて、僕をかばうように話す。

「ダメだダメだ。お前何者だ？　本当はどうしてここに来たんだ？　どっちにしろ、この通路を知った以上はタダで帰すわけには……」

マサルという男は物騒なことを言い出したが、僕とすれ違って、様子を見ていた小柄の女が話し出した。

「コイツは警官にも軍人にも見えないよ？　潜入したやつはもっとこう、体も強そうだったし、目つきでわかるよ」

そして僕の顔を覗き込む。彼女は青みがかった、宝石のような瞳をしている。

「え？」

女が突然僕の目を覗き込んで驚いた様子を見せ、被っていたフードを下ろす。首には皮の紐のようなものが巻かれ、そこに綺麗な石が何個もぶら下がっていた。

「どうしたミコ？」

僕の肩を強く掴みながらマサルが言った。

「やっぱりコイツ、政府のスパイか、フェンスの向こうから脱走したやつか？」

「違う……。そういうんじゃない」

マサルが僕に疑いの目を向けた時に、ミコと呼ばれた女が強い口調で言い返した。

「うん……。大丈夫。ただなんか、変な目だなぁって。でも、懐かしいというか……。あんた、どっかで会ったことない？」

「いや、初めてだと思います」

しかし、そう言い切れない何かがある、とはもちろん言わなかった。

「まあ、確かにおめえ……」

ピアスの男は僕の掴んだ肩から、腕のあたりをごつごつした手で触れながら言う。

「この細っこい体じゃぁアーミータイプじゃねぇよな……。脱走したとも思えねぇし……」

「おい、寒いから閉めろよ！　風が入るじゃねぇか！」

ドアの中からまた別の男が出てきて言った。男は坊主頭で、顔にタトゥーが入っていた。

タトゥーの若い男の後から、80は過ぎているだろう老女が、見かけの割にはキビキビした動きでやってきた。

ドアの中は薄暗いが、階段が下に続いているようだった。

「まあいいや。オレは行くぜ。あとはミコとばあちゃんに任せるわ」

マサルという男は、タトゥーの男と中に入った。

「あいつ、誰だよ？」

「さあ、新入りらしいけど、ばあちゃんならわかるだろ」

そんな会話が、ドアが閉まる前に聞こえた。

「あんたら、神様の前で何やっててんだい！」

老婆が張りのある声で僕を叱りつけた。

「ばあちゃん、ケントおじさんがね、いきなり初めての人連れてきたからみんな警戒しているんだよ」

ミコが言う。

「なんだい。あんた政府のスパイかい？　ええ？　どうなのさ！」

老婆が僕に詰め寄る。彼女はサンダルを履いていた。中は暖かいのだろう。

「ばあちゃん、スパイですかって聞かれて素直にそうですって答えるスパイがいるわけないじゃん」

ミコが呆れたように言うと、

「あたしはこの坊やに聞いてるんだよ。どうなんだい？　あたしの目を見て答えな！」

僕は彼女の目を見ながら、

「違います。何もわからなくて、あの人に……」

と、僕を連れてきたケントという男性の方を見た。

「わわわ悪いヤツじゃあねえ。ば、ば、ばあちゃん。入り口のイナリの神社あるだろ？　そこで手を合わせてたんだよ。いいヤツだ。そ、そそそれで腹減ってるみてぇだからさ……」

男が言う。どうやら彼はこの老婆に頭が上がらないのか、言葉は尻すぼみで、弱弱しかった。

「ふーん」

老婆は僕の目をぐっと覗き込む。目つきだけ見たら、鋭くて、力強く、年寄りには見えない。

「変わった目、してるよ。正直、私はわからない。ばあちゃんから見てどう？」

ミコという女性が言う。この老婆には、何か目には見えないものが見えるのだろうか？

「……腹、減ってるかい？」

老婆は僕の目を睨みつけるように見つめ続けながら、そんな事を聞いた。

「は、はい……」

もう、正直なところ自分が空腹かどうかなんてよくわからない。早くこの場を離れたいという気持ちでいっぱいだった。

「あ、でも、僕、戻りますよ。拘置所の方でも……」

「とにかくお入り、話はそれからだ。内臓のあたりがスッカスカだ。顔色にも出てるよ。あんたこのままちゃんとしたもの食べないと病気になるって相に出てるよ」

老婆は僕の話を無視して、意味不明なことを言ってからくるりと背を向けた。そしてサンダルで凍りついた土の上をジャリジャリと音を立てて歩き、路地の奥へ進む。ケントさんは大きな体を壁に押し付けて、その老婆を通してあげた。

「なんか、荒れてきたね……。これから妙なことが起こりそうだ」

彼女は鳥居の中の社に向かってお辞儀をし、手を二度叩いてから、胸の前で合掌し、背筋を伸ばした。一つ一つの動作が、まるで儀式のように神妙であり、清潔な緊張感が漂っていた。僕はその後ろ姿に思わず息を飲むほどだった。

「うちのばあちゃん、子供の頃にね」

ミコという女性が僕の耳元でひっそりと話す。

「脳の病気をしてから、色んなことがわかるようになったの。人の気持ちとか、病気とか。たまに未来のこととか……。だからここでは半分神様扱いよ」

「未来？」

いわゆる霊能力者とか、超能力者なのだろうか？

「あ、信じなくてもいいよ。普通信じないから」

「いや、信じるよ」

フレンズには教祖はいないが、運営する幹部たちの中には、そのような能力を持っているとされる人もいる。実際に20年以上前から、今の時代の気候変動や火山噴火、戦争を予言したり、彼らのヒーリングで様々な難病が完治したり、不思議なことが起きている。そしてそれが多くの信者を惹きつけたのも事実だ。

「でも、そんな人が、どうしてここに……？」

ふと疑問に思った。フレンズも政府も、そのような超常能力者を常に探しているはずだ。

「だって、知られたらまずいからね。そもそもばあちゃんは……」

「ミコ！　関係ないことは話すんじゃない！　あんたはさっさとお行き！　しっかり見回りしておいで！　今日はいつもと違うよ！」

老婆は後ろを向いているが、背中に目と耳があるかの如く、きびしい口調で言った。

（見回り？）

どういう意味だろう。何かを調べる仕事なのだろうか？

「さて、神さんに聞いても、どうやら、あんたは違うようだ……。いい感じなんだけどね……」

老婆がこちらを振り向いてからそう言った。

「え？　ばあちゃん、この人がそうなの？」

ミコが訊くと、

「いや、違うよ」老婆は首を振りながら、煩わしいものを振り払うように言った。

「それはね、見れば一発でわかる。絶対にわかるはずだ。でも、この子は……なんだろうね。おかしな子だ。まあ害はなさそうだ。とにかく飯でも食っておいきなさい。おお、寒い寒い」

老婆は身をすぼめてドアを開けながら、

「ケント！　あんたも神さんのありがたさがわかったんなら、これからもお参りしなよ。きっと悪いようにならないからね！　今日は家に帰りな！　雪かきもしないとならないだろ？　配給品は後で配らせるから」

僕をここまで案内した中年の男にそう言った。彼はまだ壁に身を押し付けて押し黙っていたが、老婆の言葉で「うん、うん！」と、子供のように返事をした。

そして老婆は僕に向かって「お入り」と言った。僕は断ることはできず、路地裏の横にある、まるで隠し扉のような金属のドアの中に入った。

「じゃあね。また後で会うと思う」

ミコという女性が僕にそう言ったと同時にドアは閉じられて、僕は生温かい空気に包まれた。

老婆は暗い階段を下り始めた。遠くの方で聞こえるビートの効いた音楽が微かに鳴っているが、それよりもコンクリートの床をサンダルが擦る音が、耳に張り付くように聞こえた。

12 ―――― オレとアイツ。アイツと僕。

眠った、と思ったら、オレは目を覚ましていた。

自分でも何を言っているのだと思う。だけど事実なのだ。

おかしな、いや、とてもバカげた感覚だった。眠った、と、目を覚ました、がコンマ1秒の隙間もなく起こったのだ。それは「眠っていない」のと同じような気もするが、確かにオレは眠った。

もちろん眠りに落ちる時というのは、明確な区分があるわけではない。でも、ライジという男に何かを操作されて、オレは意識を切られた。スイッチを切られた電化製品のように。これはまともな睡眠ではない。だから意識がなくなる直前まではっきり覚えているのだ。

そして直後に目を覚ました。夢を見ている、とも言えるのだが、いつもの夢とは違う点がある。それは、オレは自分で動ける、ということだ。夢の中で、自由意志で、自分の体を動かすことができる。いつもは観察しているだけだが、今オレは、夢の世界の中で、リアルに存在している。

体は眠りから覚めたばかりのそれで、気怠さと、一定時間同じ姿勢でいた時の、固まった感じがあった。オレは指先を動かし、腕を動かし、もぞもぞと首を動かす。体は起こせない。目の前にガラスの分厚い壁がある。いや、どうやらオレはカプセル状の狭い所に横たわっているようだ。

頭やら首やらに、色んなケーブルが付いていて気持ち悪かった、オレはケーブルを引っぱり取り外そうとしたが、首の後ろや頭頂部はかなりしっかりと固定され、実際に針のようなものが刺さっている感覚もあった。

「お疲れ様でした。まもなく、ケースが開きます。そのままの姿勢でお待ちください」

耳元で女の声のアナウンスが聞こえて、目の前のガラスの部分に、今話した内容と同じ内容の文字が浮かび上がる。

さっきまで薄暗かったが、外が数秒かけて明るくなった。それから、ゆっくりと目の前の壁のようなガラスが開いた。

想像した通り、オレはカプセルの中に寝そべっていた。そして、今はカプセルの上面部分が完全に開いていた。

オレは体を起こす。周りには同じようなカプセルがずらりと数十台並んでいて、中で人が寝そべっていたり、そこから体を起こす者もいた。

「さあ、いかがでしたでしょうか⁉　デジタル・トーキョーは？」

今度は甲高い男の声がした。見ると向かって右側のステージのように高くなった部分に、紺色のジャケットとグレーのスラックスを穿いた男がいて、オレたち全員に向かって話しているようだった。手にはマイクを持ち、スピーカーで彼の不快な声は増幅され、室内に響き渡っていた。

「あ、ゆっくりでいいですよ！　体が半分眠っていた状態ですから。覚醒には個人差があります。活動は意識がはっきりして、体の感覚が戻ってからでいいです。頭頂部と頸椎へのブレイン・コードはカプセル右手の解除ボタンですべてが外れます」

確かにカプセルのすぐ右にボタンがあったので、オレは言われた通りにそれを押してみる。すると首や頭に付いていたコード類がすべてはらりと解けるように外れた。強力な電磁石のようなもので付いていたのだろうか？　スイッチを押したら磁力がなくなったような感じだった。針、と感じたのは、小さな突起があったからだ。

「Kyu-KyoKuは、あなたを待っています。今日は体験版の世界ですが、Kyu-KyoKuの世界は、この原寸の地球と同じ規模です。そしてまだまだ拡張して、生活はどんどん豊かになり、楽しくなります。あなた自身も、Kyu-KyoKuの中では、この現実と違い、自由に生きることができます。あなたの夢を叶える場所です！」

司会者のような立場なのだろうか？　やけにテンションの不自然に高い男で、声だけでなく、見ているだけでイライラするので、オレはそちらの方を見ないようにした。

（ここは、どこだ……？）

という疑問はありつつも、ここがKyu-KyoKu移行のための体験説明会会場だと知っている自分もいる。

考えると頭が痛い……。混乱している。そうだ、これは、夢だ……。夢の中のアイツだ。フウジと呼ばれる男に、オレ自身がなっているのだ。

数分もしない内に、カプセルに入っていたほとんどの人が体を起こし、立ち上がる者もいた。

段々と状況を明確に思い出し、オレがどうしてここに来たのかがわかった。

フレンズの入植審査が叶わなかったオレは、Kyu-KyoKuへ入ることになったのだ。他に選択肢がなかったのだ。

「では、順番に出口へお進みください。詳しい案内については、メールの方でお知らせします。各種手続きや契約などは自治体の……」

そんな説明の流れる中、人々はぞろぞろとカプセルから出て、ゆっくりと出口へ向かった。カプセルの中は暖かかったが、室内は寒かった。カプセルの横に、上着やブーツ、帽子が置いてあったので、オレはそれらを身につける。

他人の服を着ている、はっきりとそう感じている。サイズは合っているのに、違和感しかない。服や靴だけではない、この体も、この体で感じるすべての感覚も……。

「風次くん、どうだった？」

後ろから声をかけられた。振り返ると知らない男が立っていた。目のつり上がった、小太りな男だ。

（風次……）

名前にも当然、違和感を感じる。そして、この馴れ馴れしい男は一体何者だ？

「ああ、コマツさん」

しかしオレは自分の頭の考えとは別に、知らない男のはずなのに自然に答えてしまった。

「なかなか面白かったな。お、とりあえず出よう。ここじゃ詳しい話はまずいもんな」

つり目の男はそう言って、オレが支度を終えるのを待っているようだった。オレはブーツの紐をきつくしばってから、出口の方へ向かって歩いた。自分の意志だけで、この体を全てコントロールしてる訳ではなさそうだ。

「デジタル・トーキョーの体験版のプログラムは、先輩たちの作った遺品だよね。やっぱり作りが粗いなぁって思ったよ」

外に出て彼はそんなことを言った。他の人に聞かれては困るのだろう、耳元に顔を近づけて話すので、彼の吐く白い息が顔にかかるのが気持ち悪かった。

「みんなは満足しているようですけど、コマツさんにはやはり物足りなかったですか？」

この男はKyu-KyoKuのプログラムのエンジニアの一人だ。最新の技術に触れているから当然だろう。以前も留置場から出る時に助けられた。

「そうだなぁ。でも、10年前に組み立てたバーチャル・ワールドで、まだ当時は人工知能がそこまで介入できていなかった頃だからちょっと粗い部分や、ビットが不安定な箇所もあったかな。ボクならもっとこう……」

周りの人との距離が開くにつれ、男は饒舌に、気分よさそうに話す。

我々が今後、実際にスリープカプセルで半冬眠状態になり、意識だけが入っていくKyu-KyoKuの世界は、もっと高度な技術と、天文学的な量子ビットによる容量があり、今日の体験版とは比べものにならないほどのリアリティがある。

「ところで風次くんは家族と会ったの？」

コマツが一通り技術面のことを評論家のように喋ってから、オレにそう尋ねる。

「いや、誰にも。そもそも僕の家族は母しかいないんですけど、Kyu-KyoKuへの移行はまだ順番待ちです」

オレの意志と無関係に、風次が答えた。

今日の体験会では、仮想の街「デジタル・トーキョー」の中で、先にKyu-KyoKuへ移行した家族と出会うことができる。そして実際の向こうの生活の様子を聞くことができるというサプライズ・イベントがあったのだ。

「ボクはね、先に移行した親父と会ったよ。まあ、親父はとにかく快適な暮らしだと絶賛していた。でもな……」

コマツはそこで周りを見渡してから、声を潜めた。

「やっぱり噂通りだと思った。なんか違う。よくできてるけどな」

今回の体験会で会えるその家族は実はフェイクで、人工知能が本人の遺伝子や性格を解析し、作り上げたプログラムの人格だという噂が社内に流れていた。

本社はすぐにそれを否定したが、その後、その噂を吹聴したものへは厳しい罰則があるとし、実際にその情報やら噂を流したとされる二人は、その翌週には退社し、いち早く現実から消えて、Kyu-KyoKuへ移行した。口封じだと、まことしやかに、このコマツにしろ、同じ部署の人間も密かに話していた。

「でも、なんでそんなことをするんでしょう？」

オレではなく、風次の口がそう言う。まったく自分で話している気はしない。

「うーん、プログラム的には、Kyu-KyoKuのトーキョー・シティに入ることも可能なんだけどなぁ……」

上からの説明では、コールドスリープをせずに意識をデジタル化してしまうと、不具合の可能性が0・1％高まるそうだ。だからライトな体験版を作って、デジタル世界の感覚そのものに慣れてもらうというのが目的の体験会なのだ。

「風次の兄貴とかの世代が作ったわけだよね？　この体験版。あ、当時はこれを本番に使うつもりだったんだろうけど。大したもんだよ」

（オレの、兄貴？）

何かを思い出そうとしたら、オレは頭が痛くなって、思わずその場で膝をついてうずくまった。

「おい、どうした？　風次くん。だ、大丈夫か？」

コマツが心配そうに尋ねる。

「大丈夫です」

「まさか脳波に異常か？　検査した方がいいのかもしれない。そうだ！　そもそも今日は、風次くんは予約してなかったのに、急に体験版をやりたいって言うから……。ちょうどキャンセル出たから無理やり体験枠にボクのコネでねじこんだから……。留置場出たばかりだろ？　まさかジャンク街で何か変なもん食ったとか？　そもそも疲れてたんじゃないのか？　体調が万全でないと、いくらライト版でも……」

隣でコマツが慌てながら早口でまくし立てるのを聞きながら、オレの意識が急速に収縮していく。

オレがオレじゃなくなる、そんな気がした。それは一種の恐怖感を伴っていた。眠気のない眠りが、唐突にやって来たような感覚がやってきて、ストンと、自分の中で何かが落ちる。

（あ……）

スイッチが切れた……。

〝僕〟は目を覚ました。

いや〝僕〟が、目を覚ました。夢から醒めた。

さっきまでの落ち着かない感覚は一瞬で消え失せて、自分の体や感覚にしっくりと来た。

（僕は一体どうしたんだ？）

ずっと起きていたけど、夢から醒めた、そんな感覚だ。

「本部に行くか？　ここからなら近いぞ？　ＩＤがあれば医療班に言って……」

コマツが心配そうに言う。

「あ、たまにあるんです、気にしないでください。もう大丈夫です」

僕は立ち上がり、深呼吸してからそう伝えた。

「お、おお……、ならいいけど……」

夢を、見ていた。しかし、これはどうかしている。夢の中で眠ったら、いつものアイツの夢を見て、そして、アイツが〝僕〟になっていた。

僕はコマツと駅の手前で別れた。彼とは路線が違うのだ。

そうだ、僕はこれから本部へ行くのだ。

僕は来た道を引き返し、新宿の高層ビルを見上げる。ほとんどが廃墟になっていて、無人化している。以前は浮浪者が住みついていたが、政府中枢機関が地下に入ると、近隣は軍が監視し、浮浪者たちの多くは射殺されたり、逮捕されてジャンク街に押し込められた。

デジタル移行プロジェクトの本部は、元東京都庁のあったビルの地下にあり、僕もそこに定期的に通ってる。

高層ビル群に向かって歩いていくが、オフィスに徒歩では行けない。鉄条網が張り巡らされているからだ。

しかしここから2つブロックを進んだところから地下への通路があり、社員IDを提示すれば地下に下りて、そこからオフィスへ行ける。

自分のオフィスのさらに奥に、今日は向かわないとならない。プロジェクトのお偉いさんたちのいる場所は、僕が出入りするオフィスよりも、さらに地下の深くにあり、そこには一般人が入ることができない。

(僕は、選ばないとならない)

答えは決まっている。しかし、最後にせめて、彼らに対してはっきりと突きつけてやりたいのだ。

僕はそこで強い目眩を感じて、空を見上げる。雲に覆われた冬の空は、細かい雪を降らせている。僕は一瞬、真っ白な空に心を奪われて、また自分が誰だかわからなくなる。いや、そもそも、〝自分〟なんていないのだと、僕は知っている。今すぐ、この瞬間にでも、この世界を〝虚無〟の海に変えることができる。なぜなら僕は……。

13 ――ジャンク街の地下組織

入ってきた入り口のドアはすぐに閉じられた。僕は老婆の後に続き、地下へ下りる階段をゆっくり歩く。彼女は早い歩調で歩くけど、僕は目が慣れていないせいで、よく見えないのだ。

途中で踊り場のような場所があり、そこから左へ折れて、さらに階段を下りる。僕は何度か階段を踏み外しそうになったり、暗がりで壁にぶつかった。

「気をつけな！　こっちは裏口だからね。照明は最低限しかないのさ。あたしは神さんが上にいるからここを通るだけさ」

老婆はそう話しながら通路を進む。僕もついていく。いくつか分かれ道があり、音楽はその内の一つから聞こえていた。

どれくらい歩いただろうか？　暗いせいなのか時間の感覚が狂いそうだ。10分くらい歩いた気もするし、2、3分くらいしか歩いていないような気もする。

目が慣れた頃、突き当たりに木製の開戸があり、そこを開けるとまた通路があった。その中は照明がたくさん点っていて、僕は眩しくて目を細めた。

その通路の少し進んだところには黒っぽいビニールのカーテンがあり、二人の中年の男女がいて、警棒のようなものを持っていた。

「おいおい、マキさん！　誰だよそいつ」

男の方が、僕の方を不審そうに眺めながら言う。彼は先ほどミコという女性が付けていたような石を、両方の手首にたくさん付けていた。そして、この老婆はマキさんという名前のようだ。

「新入りだよ。安心しな」

マキさんが答える。

「ばあちゃん、最近またここらでも変なのが増えているからさ、あまり知らない人、連れてこない方がいいよ～」

女の方は強い訛りのある口調で話した。彼女も長い麻布のマントのような服を着て、首や手首には数珠のようなものを付けている。あまりアクセサリーという感じはしない。

（彼らは何かの宗教でも入っているのだろうか？）

と思ってしまった。フレンズでも、上層部はこういう石を身につけている。お守りとか、結界とかになるらしい。

とにかく今わかることは、彼らが〝門番〟のような役割をしているということと、二人とも僕をまったく歓迎していないということだ。

「あたしがいいって言ってんだよ！」

しかしマキさんがその二人に強い口調で言う。二人は顔を見合わせてから、

「わかったよ、……マキさんのこと信用してねえわけじゃねえよ」

男がそう言うと、女はカーテンを開いた。

「ごゆっくりと」

女の言い方にはどこかトゲがあったが、僕はマキさんと呼ばれた老婆に続いて進むしかなかった。

今度の道は広く、電球の数も多かった。奥には人が行き来しているのが見える。

壁や天井はコンクリートではなく、木材が使われていて、木の香りがした。さほど古くはないようだ。

入ってきた扉を男が閉めると、さっきまで聞こえていた騒がしい音楽は遠のき、また別のところから緩やかな音楽が聞こえてきた。そして、色んな香りが漂ってきた。

中はとても暖かく、僕は上着を着ていると汗ばむくらいだったので、コートを脱いで小脇に抱えた。

「ふん……」マキさんは僕の着ていた服を見ながら言う。

「ちょっと目立つね……。まあ、すぐに汚れるさ」

しばらく進むと、たくさんの人がいて、通路の両サイドには色んなお店があった。食料品を売っている店にも驚いたが、もっと驚いたのは、飲食店だ。良い匂いがあちこちから漂い、お店から音楽が小さく流れ、店の中で食事をする人々のざわめきで、とても賑やかで活気があった。

「好きなもん食っていいよ」

と言われたが、

「あ、でも、お金とか、支払いは……」

外の世界ではすべてＩＤで自動支払いだ。そもそも、自由に物を買える場所は少なく、特に食べる物は配給品がほとんどだ。だからこうして食事ができる店を見るのは何年ぶりだろう？　子供の頃は、あちこちにこういう光景があったのに……。

どっちにしろ、僕はそのための認定ＩＤ証を置いてきたし、現金も持っていない。

「そうか、特例区の認証チップの発行もまだなのかい？」

「はい……」

とりあえず、話を合わせる。

「最近は政府もその手の手続きが遅れがちだね……。今回はあたしが出してやるよ。チップがあれば自由だからね」

「え？　自由？」

「まあ、大したもんはないけどね。1日2回。チップをここの特別な端末で読み取ってもらえれば食事できる。ここだけの自治のシステムだ。ちょろまかそうってもダメだよ。貴重な食料だからね」

1日一食でも、自由に食事ができるなんて、外の世界ではありえない……。

「外の世界では今はどうなんだい？　どうせロクなもん食えやしないだろ？　ここはね、米や小麦、蕎麦粉に大豆なんかが配給とは別に送られてくる。野菜はドライ保存されたものを水で戻して使っているよ」

（送られてくる？）

僕は疑問に思うが、近くの店を覗くと、その疑問を打ち消すくらいに興味が湧いてしまう。ハンバーガー屋があったのだ。

「ハンバーガー……」

思わずそうつぶやいた。最後に食べたのは、もう5年ほど前だ。それもカオルコと食べた植物肉のバーガーで、ジャガイモも輸入規制が入った頃で、ポテトフライもなかった。

店の奥で、中年のみすぼらしい服を着た男女がハンバーガーとポテトフライを食べているのを見て、僕は思わずお腹が鳴った。肉の焼ける匂いが香ばしく漂っていた。

「食べたいもんを食べな」

マキさんはそう言うので、僕は半信半疑で中に入る。ちなみにバーガーショップの隣はラーメン屋で、そちらも気になった。奥にも別の店があった。

バーガーショップの中はテーブルが4つほどあり、7、8人の客がいて、店内はいっぱいだった。

彼らは僕の存在に気づくと、ざわついてた会話を止め、一斉に視線を注いだ。皆、ジャンク街ゲートの特区カフェにいたような、お世辞にも清潔とは言えない服装だった。

僕は着ている服のせいで明らかに人種が違う感じがする。そのせいで目立つのかもしれない。

「何見てんだい！　この子は新入りで、あたしの知り合いだよ！」

マキさんがそう言うと、みんな黙り込んでから、また再び食事を始め、各々で会話を始めた。

「いらっしゃい。どうする？」

カウンターにいる髪の毛を金色に染めた若い女性が僕らに向かってそう言った。しかしメニュー表のようなものはないようだった。

「あたしゃお茶でいいよ。うんと熱くしてね。席は一杯だから持ち帰りだよ。あたしのデイ・ミールの分でこの子に食わせてあげておくれ」

彼女は腕を前に出す。どうやら嵌《は》めている細いリストバンドのようなものにデジタルチップとやらが入っているようだ。デイ・ミール、今日の分の食事をカウントしているらしい。

店の女性が見たことのない端末の機械でそれを読み取ると、小さな電子音が鳴った。機械は配線が剥き出しになった粗雑なものだった。多分、中央の通信とは別のものだろう。

「はーい。セットひとつとお茶！」

女性は奥に向かって声をかける。小窓のような場所があって、その向こうがキッチンのようだ。

「あんた、新入りかい？　そんな真っ白いシャツ、ここはほこりっぽいし、すぐに汚れるよ。大事に着こなしな。服はなかなか手に入らないんだ」

女性はそう言って、自分も奥の方へ入って行った。

しばらくすると、プラスチックのトレイに、新聞紙に包まれたハンバーガーとポテトフライ。擦り傷だらけのプラスチックの透明のカップには茶色い液体が入ってた。お茶、だろうか？

「ほれ、行くよ」

マキさんは陶器のカップを受け取り、先に店を出た。僕も後を追った。やはり周りの人間は僕を見たが、そちらは見ないようにした。特区カフェでの騒ぎを見てる人がいなければいいが……。

通路を進む。うどん屋とパン屋があって、その奥は通路沿いに、数メートルおきにドアがある。うどん屋の中には、お寺のお坊さんのような、袈裟《けさ》を纏い、つるりとした頭の男の人の後ろ姿が見えた。いろんな人がここにはいるようだ。

蛇口のある洗面所と、その奥にトイレがあるが、嫌な臭いはしなかった。通路もよく掃除されている。

その先には、等間隔でドアが並んでいた。マキさんはその中の一つの扉の前に立ち、「ここだよ。中では靴は脱ぐんだよ」と言い、先ほども使った腕のリストバンドをドアノブにかざすと、錠が上がる「かちっ」と乾いた音が鳴った。

ドアを開けた瞬間に、線香を焚いたような香りがした。爽やかな、でも厳かな香りだ。中は真っ暗だったが、入ってすぐ横のスイッチを押して、照明が灯った。中は8畳間くらいのスペースで、床は絨毯が敷いてある。彼女の部屋なのだろうか？ 真ん中に小さな木製の丸いちゃぶ台があり、奥に簡易なガスコンロがあり、反対側に布団が畳んであった。僕はドアの前で靴を脱いで、中に入った。玄関の正面の壁にはカーキ色の素朴な布がかけられている。それが殺風景なコンクリートの壁に、壁紙のようになっている。

喉が乾いていたので座るなり僕はバーガーショップで受け取ったお茶のようなものを飲んだ。口をつけるときは一瞬躊躇したが、一口飲むとぐいぐいと飲める。薄いほうじ茶のようだが、とても美味かった。体に染み渡る。

「まずは食べな。人間腹が減っていちゃぁロクにものを考えられないからね」

マキさんもちゃぶ台の前に座ってそう言ったので、僕はハンバーガーの包み紙を開き、さっそくそれを食べた。

「う、美味い……」

思わず、そんな声が漏れた。

パンは少しボソボソしていたが、甘辛いソースがしみて、きちんとしたお肉のハンバーグだった。茹でたキャベツのような野菜や、ピクルスもはさんである。もう一つの袋にはポテトフライ、と思いきや茹でたポテトにオイルをまぶし、塩を振っているだけだったが、それでも美味しかった。

「ここはね」マキさんはお茶を啜りながら話す。

「もう何十年も前に掘られた地下通路なんだよ。戦争中のね。あたしも生まれるずいぶん前さ。日本がアメリカと戦争してた頃。色々と地下で実験をやったり、今はもう塞がっちまったけど、長いトンネルが掘られて、当時の国会議事堂とか皇居とかまでとつながっていたらしい。逃げ道にもなっていたんだろう」

僕は話を聞くために、ポテトを摘んだ手を止める。

「食べながらでいい。冷めちまうよ。その肉は冷めると味がイマイチだからね」

「肉を食べるなんて久しぶりです。ちなみに何の肉、なんですか？」

鶏肉か、もしくは合成肉かと思っていたので気にかけなかったが、そんなことを言われると気になった。

「ああ、ネズミだよ。」

僕は一瞬吐き出しそうになったが、ハンバーガーはあと一口で食べ終えるところまで食べていた。

「ジャンク街はもう10年前からあるけど、この組織が正式に機能し始めたのは6年くらい前だ」

僕はハンバーガーの最後の一口をお茶で流し込み、それから尋ねる。

「誰が、ここを作ったんですか？　それに、先ほど、食料が送られてくるって言ってましたけど……？」

僕はある程度政府のデータを知っている立場だけど、こんな組織があるなんて初めて知った。そして、食べ物が届けられているなんて、にわかに信じられない。

「ここはね、自然にね、人が集まってきたんだ。外は寒いだろ？　みんな地下で暮らすようになったんだ。電気は昔の電線が生きていたんだ。それを元電気会社の人間たちが繋ぎ直して、ジャンク街の外からあちこち集めているんだ」

「それでこんなに充実しているんですね」

確かに、暖房も行き届いている。

「で、この食べ物は？　政府の支給品ではないと思うんですが……」

僕はもう一度尋ねる。外の世界で暮らす僕らの食生活の方がよっぽど貧しい。

「食い物は定期的に、夜中にドローンで運ばれてくる。こういう地下通路は2つあって、人が住むのはこっちがメイン。向こうで受け取ってから地下通路で運んでいる」

「ちょっと待ってください。ドローンで、運ばれてくる？」

ここは政府管轄の場所だ。ドローンなんて飛ばせるはずがない。

「ネズミは担当者が食用に飼育している。簡単な葉物の野菜もハウスで栽培している。とうもろこしの粉を蒸留させて酒なんかも醸造しているよ。できそこないのバーボンのようなものだけどね。それ以外の食料や灯油なんかが、ちょうどこの上の建物の屋上に運ばれてくるんだ。週に2回ね。結構な量だよ。

といってもこの地下組織を知ってるのは、ジャンク街でも旧エリアの住人数百人だけさ。犯罪者収容の新エリアには数千人いるけど、そっちは関係がない。そもそもそっちは軍が管理していて、こちらよりも元々食糧の支給が多いんだ。暴動を起こしかねない連中だからね」

「はぁ……」と言いつつ、途中からここの仕組みのことを聞くよりも、頭の中で色々考えてしまって集中できなかった。

ドローンということは政府がコントロールしている。制空権はかなり取り締まりが厳しいのだ。だからドローンを飛ばすための無線通信は、高度に暗号化されているから、一般の人間はアクセスできない。いや、プログラムに相当詳しい人間がいて、暗号解読をしてハッキングすれば可能だけど……。

「そもそもね、食糧が不足してるなんて政府が言ってるけど、それ自体が嘘だよ」

マキさんは吐き捨てるように言う。

「いや、そんな……、だって気候変動で……」

僕が反論しようとすると、

「ふんっ！」と鼻で笑い、呆れた口調で話す。

「確かに、北の方は難しいさ。寒くなっちまったからね。地球全体で食糧が減っているのは確かさ。でも実は南で農地は増えているし、そもそも人口自体がずいぶん減ってんだ。だけど問題はそこじゃなくて、食糧難って事実をでっち上げて、食で国民を支配しているってことさ。食い物や水を奪われたら、みんな従うしかないからね」

実は食糧があるって……？　では我々が普段、少ない配給の食べ物で暮らしているのは一体なんだと言うのだ？　すべてコントロールされているのか？

「じゃあ、ここに運ばれている食糧っていうのは……」

「政府の中枢や、大企業のトップのお偉方は普通に飯を食らってるよ。その中から一部をこっそり拝借しているのさ。あんたらが配給されている食事は、昆虫から作ったタンパク質とか、化学合成された栄養と、いろんな薬剤が混ざっているからね。食べれば食べるほど頭がやられるようにできてるんだ。あんたを案内したケントを見たろ？」

一瞬誰のことかわからなかったが、すぐに思い出した。神社に手を合わせていた、大きな後ろ姿を思い出す。

「ああいうのが増えているんだ。脳がやられて、自分でものを考える力がなくなってしまうんだ」

にわかには信じられない。本当は食糧があるという話も、普段僕らが食べている食事に薬物が混入されているという話も……。しかし、確かにケントと呼ばれた男性のように、脳機能の低下や、認知症のような症状が多発しているのは事実だが……。

「ところで、話は変わるけど、あんたは夢を見るかい？」

突然、マキさんはそんなことを言ってきた。唐突過ぎて、一瞬何を言われたのか理解できなかったが、

「え？……あ、はい。夢を、見ます」

僕はそう答えた。僕は夢を見る。

（それも頻繁に。リアルな夢を……）

「今、夢を見る力が失われつつあるんだ。ほとんどの人が、夢を見ない。なぜかって？

食い物のせいもあるが、すでにもう、意識がどこかに持っていかれているのかもしれない」

そういえば、母も、カオルコも、知ってる人のほとんどが、夢は時々しか見ないと言っていた。

「ひょっとしてそれは、これからの、Kyu-KyoKuのことと関係あるんですか？」

「そうさ。あたしたちは個人で生きているようで、集合体で生きている。集合意識が今、夢の世界と、この世界と、そしてもっと大きな世界を行き来しているんだ」

「もっと大きな世界？　それはどういうことですか？」

「あんたの目を見た時、ああ、こいつは夢を見ているってわかった」

マキさんは僕の質問には答えずに話す。彼女はだんだんと落ち着いた口調になってきた。

「だが、あんたはシヴァではない。それはわかる。シヴァは見ればあたしにはすぐにわかる」

「シヴァ？」

インドの神様の名前だ。確か、破壊を司る神……。

「でもね、あんたが悪い人間でないことくらいわかるよ。あたしにはわかるんだ。そしてあんたは夢を見ている。だから連れてきた。その先はあたしもわからないよ」

彼女はお茶を飲み、口をつぐんだ。僕もプラスチックのカップのお茶を飲む。ハンバーガーの後味が残っている。美味しかったが、ネズミか……。いや、美味いのならそれでいい……。

「僕の見る夢は……」

僕は気になったことを尋ねた。彼女になら話してもいい気がした。

「変な夢、なんです。どこか、別の世界にいて、僕はまったく違う人間なんです。それがあまりにリアルで、かなりはっきり覚えているんです」

マキさんは壁の辺りに視線を預けながら、何も言わなかった。でも僕の話をしっかりと聞いていることはわかったので、僕は続けた。

「しかも、その世界の夢は、毎回続いていくんです。しかも、夢の中の自分も、いつも夢を見ているんです。この夢です。僕を見ているんです。時々、どっちが本当の世界なのか、よくわからなくなります」

マキさんはやはり壁を見たまま、ピクリとも動かない。シワだらけの顔で、口をへの字につぐんだまま、置物のようになっている。目は半開きで、まるで禅をしているようだ。

だから僕もそれ以上何も言わず、彼女の様子を窺いながら黙っていた。

フレンズの会合では定期的にメディテーションをした。

カオルコも瞑想の時間を大切にしていて、瞑想している人たちの放つ、音のない〝音〟のようなものがあるのを僕は知ってる。そして僕はその雰囲気が好きだった。

マキさんの様子を窺いながら、僕は自然と目を閉じて、自分の呼吸に意識を向けて、体の感覚や感情の動きを観察し始めた。

瞑想中に恍惚感のような、でもとても研ぎ澄まされた、不思議な意識を経験したことがあり、その内僕は家で一人でいても瞑想をするようになった。なにせ娯楽がほとんどなく、仕事も長時間労働ではないので、時間だけはあるのだ。

その静けさに自分が浸る時、自分自身が静寂になる時、不安な世界から少しだけ離れることができたのだ。

大抵は数十分間座り続けてそうなるのだが、今は一瞬でその状態になったのでとても不思議だった。しかし今感じているのは、マキさんの感じている感覚だと思った。今、マキさんと僕で、何かを共有し、共鳴しているのをはっきりと感じる。

(彼女は、導く人)

そんな漠然とした言葉が思いついた。彼女は、人を連れていくのだ。どこか、意識とか、精神とか、奥深くへ。

僕の意識はどんどん深くなる。しかし今もこうして、頭の中のおしゃべりが続いている。だから、思考がないとか、心が無になったとか、そういうことではない。なのにそれらがどんどん遠ざかり、自分の思考がどこか遠い世界の出来事のように感じた。

14 ―― 僕と兄

目を覚ました。しかし、ベッドの寝心地があまりにも良かったので、僕は目を閉じて、その微睡を貪るように、寝返りを打って夢心地の中にいた。

3年前に公営の住宅に引っ越して以来、こんな寝心地の良い寝具でぬくぬくと目覚めたのは久しぶりだった。

懐かしい匂いがした。そうだ、この匂いは、昔住んでいた家だ。地震で家自体は大丈夫だったけど、住んでいた地区一帯が陥没し、避難勧告が出て、住み慣れた家を離れなければならなかった。

母は家族で過ごしたその家を出ることを心底悲しんだ。僕だってそうだ、生まれてからずっと父と、母と、兄と暮らし……。

（兄……？）

僕は猛烈な違和感と共に、目を開けるのと同時に体を起こした。

マキさんは、いない。

いや、ここは……。

「起きたか？」

後ろから懐かしい声が聞こえたので、僕は振り返る。なんとそこには兄の〝雷太〟がいるのだ。

これは夢の中でも見た。はっきり覚えている。しかしこれは夢ではない。今、本当に目の前にいる。

僕はあまりの驚きに息が詰まりそうになった。

「どうだった？　夢の続きは？　いつもと違っただろ？　この部屋にいる限りハイパー・リンクをしているからな。お前とフウジが一つになっている。ただし、時間軸の調整はできない。ひょっとしたらお前が夢で見ていた向こうの世界より少し過去だったかもしれないし、少し未来だったかもしれない。世界線は比較的遠くない位置にいた。こちらも量子レベルで計算しているけど、それでも不確定素数のせいで、意識のシンクロ率とタイムラグの誤差が最大72時間ほどの……」

兄が喋る。懐かしい声だ。10年前に最後に会った時と同じ姿、同じ声。

「ん？　大丈夫か？」

そう言って兄は後ろを向き、コンピューター画面に並ぶ数式のようなものを眺めてから、

「意識レベルは正常だな。タイムラグの副反応か？」

と独り言のように呟く。

「……兄ちゃん……？」

僕はそう声に出した。声に出してから、僕の声ではないと思った。いや、この体も全部、僕のものではないような気がした。

「あれ？……マジか？　そんなことが……」

兄はこちらに振り向き唖然とした表情を浮かべた後に、また後ろを向いてキーボードを猛スピードで入力する。そして右側にずらりと並ぶ様々な機器のメーターをチェックしたり、何かスイッチを切り替えている。全部旧式の機器だった。

「お前、フータじゃなくて、……風次なのか？」

兄が振り返って言う。

「そうだよ……。兄ちゃん、一体どうなっているんだ？　てゆうか、生きて、いたのか？」

僕はそう尋ねながら思わず立ち上がる。しかしやはり自分の足で立っている気がしない。全身丸ごと、サイズの合っていない他人の着古した衣服のようだ。しっくりくるものが何一つない。

（そうだ、この体は、夢で見る、アイツだ。僕は今、アイツそのものになっている）

「こいつはすげえ！」

僕が驚く前に、兄は立ち上がり両手を振り上げた。表情はさほど変わらないが、何か強く喜んでいるようだ。その仕草も、幼い頃から見慣れたものだった。

「シンクロ率３００％だ！　こんなことありえない！　やってみた甲斐があったぜ！　おっと、しかし、どんどんシンクロ率は低下してくな。何かの弾みでこんな奇跡的な状況が起きた。

そうか！　お前、現実の世界でジャンク街の地下まで行ったな？　それでお前の意識レベルが上昇しているんだ。地下に置いてある端末の波動は、俺の周波数と近いものがあるんだ」

兄は早口に、興奮した口調で捲し立てた。

「僕は、ジャンク街にいる……、いや、いた？　ここはどこなんだ？　僕は、どうなっているんだ？　ここは夢？」

僕は違和感のある手足を動かして、その体を見ながら独り言のように呟く。自分の体ではない体。仮想世界のアバターに入った時のような感覚に近いが、感度はプログラミングで体験したモードよりも遥かに繊細で強い。夢にしては、あまりに肉薄し過ぎている……。

「いいか？　時間がないからよく聞け。俺たちに再会を懐かしんでる時間なんかないんだ」

兄は僕の顔に向かって人差し指を突き刺して言った。昔からの嫌な癖だ。こうやって、おい、話を聞けと、相手に威圧的な態度を取る。

「シンクロ率はどんどん下がっていく。ほら、今もう288％だ。100を切るとお前の意識はここにはいられない。80で限界だ。お前の意識はこちらとハイパー・リンクできない。なんせ今起きていることは時間と空間を超えているんだ！」

なんのことだかわからないが、とにかく僕は話を聞いた。

「いいか？　お前は今バーチャルの意識体になっている。正確に言うと、現実世界のお前はこれからKyu-KyoKuに入る。そうだろ？　今のお前の姿はKyu-KyoKuの中でお前に与えられたアバターだ」

「こ、これが、アバター？　夢、ではなくて？　じゃあ、この体は？」

僕は自分の手足を動かして、顔を触ったり、髪の毛を触る。

「そうだ。しかし、Kyu-KyoKuでは風次、お前という人間の意識も記憶も切断されている。完全に別の人格と記憶を与えられて、人工知能がお前のDNAとアルゴリズムを元に作り上げた姿と人格だ。その世界は西暦２２２１年という設定で、国家はすべて統一されていて、戦争も終わり、とても平和な社会となっている、というプログラムの世界だ」

「Kyu-KyoKuへ……。ここは、Kyu-KyoKuのプログラム？　夢じゃなかったのか？」

「そうだ。お前はここの世界をずっと、眠った時に夢として見てたんだろうが、実はKyu-KyoKuにいる自分自身のアバターを見ていたんだ。時間も空間も飛び越えてな」

僕は頭を整理しようと必死だ。

「となると、ここは僕の未来でもある……？」

未来を、見ている？　でも、今は未来にいる？

「ここには時間は存在しないから、そこはなんとも言えない……。Kyu-KyoKuの設定は勝手にお前がいた世界から約２００年後になっているけど、お前の本体はすでにカプセルで半冷凍され、エネルギーをじっくりと奪われ、エネルギーが枯渇したら粉末燃料と土壌再生の液体肥料にされる。ただこの世界自体がそもそもデータの中なので、お前が考えるような時間は存在していない。だから未来でもあり、お前の人生のどの時間にも属していないとも言える」

（人生のどの時間にも属していない？）

僕は何も言わず混乱する頭を整理した。いや、さっきも夢の中で、朧げにこんな説明を受けていた記憶はあるが、どちらにしろ自分の理解を超えている。

僕は今アバターになっている。もちろん、僕もKyu-KyoKuのプログラムの末端に関わっているので、体験版やテストをしたことがあるが……。ここが、その世界だというのか？

「ずっと、夢で見ていたんだ……。この世界を……。じゃあ、僕は、僕のデータを見ているってこと？」

「まあ、そういうことだ。ただ、普通はそんなことは起きるわけがない。なぜなら意識は完全に分断されているからな。ただちょっと俺が細工を施した。お前と、ここをつなぐためのバグのようなシステムを作ったんだ。誰にも見つからないようにな」

「記憶、はどうなってるんだ？　だって僕はこの世界では、つまり、僕ではない。まったく別の人間じゃないか？」

そうだ。僕のアバターなら、僕個人としてパーソナリティがあるはずだが、このフータと呼ばれる男は僕ではない。

「さっきも言ったが、そのアバターは人工知能がお前の遺伝子をベースに作った新しい人格だ。お前の憧れが反映されたのか、このフータって奴はお前と違ってけっこうはっきりモノを言うタイプだし、スリルを求める傾向があるし、不真面目でぶっきらぼうな性格……」

「いや、ちょっと待ってくれ！」僕は兄の話を遮る。

「Kyu-KyoKuでは、仮想世界で新しい人生を再スタートできるって……」

僕が言いかけると、「ああ、ありゃ嘘だ」。兄は薄笑いをしながら言った。この笑い方。どこか人を馬鹿にしたような顔をする人だった。

「そんなことになったらあっという間に飽きちまうよ。だって考えてみろよ？　たとえどんなに楽しくてスリルがあっても、すべてが『虚構』だって気づいたら、物足りなくなるだろ？　ゲームがどんなに楽しくても、24時間延々とやってられないだろ？　それを何十年もやるとしたらどう思う？　それってすげえストレスが脳に発生するんだ。自己破壊するほどのな。つまり、記憶を維持してのKyu-KyoKuの移行は、本体の生体として不具合が生じるんだ。

実は非公式で何千人と臨床を試したが、全員失敗だったんだ。１００％の確立で治験者は心身どちらかに異常があった。だから記憶は完全に消去して、新しい人間として、この世界を生きることにしてあるんだ。そうすると、カプセルで半冷凍された肉体は、脳が活動し続け、長持ちする」

「そんな……」

信じられない。政府の言っていることは、マキさんの話もそうだし、全部嘘だらけではないか……。

「でも、それじゃ目を覚ました時は……？」

「お前、本気で何百年もコールドスリープされて、気候変動が収まったら目が覚めると信じてんのか？　言っただろ？　燃料や肥料になるだけだよ。相変わらずお人好しだな……。ま、それがお前のいいとこでもあるんだけどな……」

「でも、理論的には可能なはずだ」

僕は反論した。僕だってその辺のことはよく知っている。

「理論ではできるよ。電源さえ供給され続ければ、何百年も仮死状態で生きていける。でもな、ヤツらはそんなことを考えていない」

「奴ら？」

兄は薄笑いしながらも、苦々しい目つきをして言った。

「俺を殺した連中さ。それを予期してたから、なんとか意識だけプログラムの中に潜り込ませて、今こうしてお前と会話しているし、この世界をひっくり返すプログラムを……」

「殺された？　ちょっ……、どういうことだよ？」

そういえば、夢の中でもそんな話をしていたと思い出すが、問い質《ただ》さずにいられない。

「おっと、もう150を切った」

兄はモニターを確認してそう言った。

「いいか、時間がない。こんなまぐれ、また起きるかもしれないが、俺に狙ってできることではない。だから最後だと思って言うぞ」

「でも……」

僕が話そうとすると、また僕の顔を鋭く指差した。黙れ、と言ってる。だから僕は言葉を飲んだ。いや、そもそも何を言いたかったのかわからない。

「一万人委員会だ。やつらは300年間、人類の大半を眠らせて、そのエネルギーを使い自分たちの住む地区だけを気象コントロールして、大地を肥やして、悠々と生き永らえる予定だ」

「一万人、いいんかい？」

「ああ、実際は現在7千人ほどだが、政府を動かしている連中の一族だ。奴らは19世紀から金融を支配し、政治とマスメディアをコントロールして世界を運営してきたトップエリート中のエリートだ。何百年も前から、この地球を支配するために動いてきた。このKyu-KyoKuの計画の実態は、奴らだけが地上で肉体を持って気候変動の地球を生き残り、他の人間は皆奴隷とされ、栄養源とされる。死んでもらっては困るから、意識だけをバーチャル空間に閉じ込めるんだ。信じられないかもしれないが、この世界には本当にそういうことがあるんだ。昔そういう映画があったから調べてみろ？　あれ？　これはフータの方にも話したかな？」

そう言って一瞬兄は顎に手を当てて考え込むが、

「ええい！　何度も同じこと説明するのがややこしいぜ！　また話さねえとならねぇのか！」と、苛立ちを顕にしながら頭をかきむしってから、面倒くさそうに話を続けた。

「俺はKyu-KyoKu計画の設計のエンジニアをしながら、興味本位で政府のファイアウォールを破り、機密情報にアクセスしてそれを知った。そしてそれを知ったことが発覚して殺されたんだ。お前たちにはどうせ事故か自殺って形になっているだろう？　だが事実はやつらに殺されたんだ。むごたらしくな。命乞いするチャンスもなかったよ」

僕は何も言えない。その話を信じるかどうかと言う前に、とにかくショックだった。目の前の兄はバーチャル世界にいる意識だけの存在であり、実物は、殺された？

「奴らから逃れる術がないと知って、自分の意識の完全なコピーを仮想現実世界に送り込み、しかも、それが奴らの目に届かないところに隠す必要があった。それがKyu-KyoKuのメインブロックではなく、参加者を騙すためのJAPAN・EASTエリアの体験版プログラムのデジタル・トーキョーの街の中だった。その中に内側からしか開けない扉を何重にも作って、ここに隠れている。この中にいる限り、俺というデータはどんなＡＩにも見つけ出せない。俺はここで肉体のエントロピーは増大しないが、この中で考え、ここで記憶を増やし、ここで成長している」

兄は早口で一気にまくし立てるように話してから、斜め後ろのモニターを見る。僕の位置からも見えるが、僕のシンクロ率とやらは、１３３％と表示されているのが確認できた。

兄はまた話し始める。

「自分をデータ化することと、もう一つやったこと。それは奴らの思い通りにさせてたまるかってことだ。俺はやられたらやりかえすんだ。絶対にな。だから俺はそのためにこのKyu-KyoKuをぶっ壊すことに決めた。いわゆる一種のコンピューター・ウイルスなんだが、そういう破壊プログラムを組んだ。しかし、それは現実の世界の人間がアバターとなって、直接Kyu-KyoKu内に侵入した時に、プログラムを発動させる必要があった。俺がKyu-KyoKu内に侵入したかったが、残念ながらここから出られない。出たらものの数秒でバグとして処理される。

だから俺はそこに入る人間を探した。ただし、その人間のアルゴリズムと、ＤＮＡの完全なデータを知っている必要があった。だけど他人のＤＮＡ解析データなんて個人情報なので知ってるわけがない。しかし、身内のデータなら手に入る」

と言ったところで、僕は思わず口に出す。

「ひょっとして、僕が……？」

「そうだ。お前しかいなかった。なんの相談もなく悪かった。でも、相談する暇はなかったんだ。なんせ俺自身の命の相談も誰にもできなかったんだぜ？　くくくくっ」

と言って、何がおかしいのかわからないが兄は笑う。

「僕に、Kyu-KyoKuに破壊プログラムを仕込んだ？　いや、これから持ち込むのか？」

「そうだ。お前のアバターがKyu-KyoKuで動き回ることで、俺の組んだ破壊プログラムがKyu-KyoKuで進行していく。そうなればデータは破壊され、アバターは消滅し、冷凍カプセルの本体はすぐに生態機能を維持できなくなる。そして一万人委員会の計画は頓挫する」

「それって……」

兄の言うことが本当なら、破壊プログラムとやらで、現実の方の肉体も全員死ぬ、ということなのか？

「僕は、一体何をしたんだ？　何をさせるんだ？」

兄との再会を懐かしむ時間もなく、矢継ぎ早に得体の知れない恐ろしい計画を聞かされ、しかも僕は知らないうちに当事者にされてしまっているなんて……。自分がどんな感情を抱いているのかわからなくなる。

「質問に答える時間がない。今から大事な話をするから聞け」

兄はまた僕の顔に指を突きつけて話す。お前の気持ちなんてどうでもよいと言わんばかりに。

「俺はこの世界に入る前から、わかりかけてたことがあった。そして、ここに入ってさらに研究を進めて理解し、確信した。それは、お前という人間や、そもそも俺も、すべてプログラミングだったんだ」

「どういうことだ？」

アバターではなく、この僕自身がプログラミング？

「お前が現実と思っている世界。あれもプログラムのようなもので、地球全体が宇宙的なプログラムに等しいんだ。魂の世界と呼ばれる世界と、物質を持った肉体の世界の関係だ。そしてそれは、個人レベルがそのまま集合意識にもつながるが、個人でも集合意識のプログラムに影響を与える。また、虚と実は合わせて一つであり、それは相互作用がある」

まったく話が理解できない。

「俺の破壊プログラムが作用したってことは、おそらくお前のいる現実の未来において、一万人委員会の目論む未来とは違う未来線が形成されたはずだ。そして、当事者であるお前は、それを選択できるかもしれない。ひょっとしたら、この時空間を超えた場所を垣間見るかもしれない……。虚と実の間。ゼロと境目の間、マイナスの宇宙を」

少し考えてから、ふと思いついたことを僕は言った。

「この世界がプログラムということは、それは、宗教的な、ブッタとかの教えのこと？世界は『空』だと。つまり、本当は実体などないのだけど、僕らは幻想を見てるって……。量子論でもそういう理論はあるけど、そういうこと？」

「それだ！」

兄は嬉しそうに言った。そもそも、この知識は兄の本棚で見つけた、宗教や精神世界の書籍を読んだ受け売りなのだけど……。

「物分かりがいいな。お前のアバターより、そこはお前の方が優秀だ！」

「いや、僕も知識で知ってるだけで、何もわかってないよ」

僕がそう言うと、

「いや、まずは知ることだ。そこから始まる。どっちみちこの世界は量子であり、意識による観測なんだ。そこに気づくことを古来から〝悟り〟とか〝覚醒〟と呼ぶ。お前はこれから覚醒者になるんだ」

スピリチュアル掛かったことを言われて、僕はにわか知識しかないので何も答えられない。

「まあ、それはともかくだ。そんな幻想のような世界で、さらに仮想現実を作って、自分たちだけでその幻想の世界を楽しもうってのが、一万人委員会の計画だ。奴らもその宇宙の仕組みは知っているんだ。しかし、この破壊プログラムが、奴らの言う『現実』にまで及ぶとは思っていないだろう。なんせ、計算通りに行けばすべてを無に帰す力が……」

兄はそこで目を閉じて、自分の感情に浸っているようだった。

「すべてを無に……？」

僕はその意味を尋ねたが、「いや、そこはまだ知らなくていい」と、ピシャリと言われた。

「いずれわかる。ただ伝えたいのは、お前はこれから自由になれる。すでにプログラムは動いた。お前の望む自由な未来を生きればいい。どんな過酷な現実も、お前が望めば、お前は選択者になれる。安心しろ。お前は観測者であり、創造主だ。今のようにシンクロ率が高まれば、お前はお前の世界でもっと無敵な存在になる」

兄が話している最中だが、突然予期せぬ眠気がやってきた。眠くはないのに、眠い。不思議な感覚だ。

「そろそろ、か。１０５％だ」兄は僕が急にうつらうつらし始めたのを見て言った。

「風次、この姿で会えて良かった。また会えるかもしれないし、もう二度と会えないかもしれない。いや、違った形で会うんだろうな……」

兄はそう言って優しい顔をして微笑んだ。僕は（ああ、こんな表情もするのか）と思ったが、それを言葉にする気力は、強烈な眠気によって削がれていた。

「今日の出来事を、お互い忘れているかもしれない。ただもう一度言うぞ？　お前は自由になれる。嘘だらけの世界を信じるな。お前の望む世界を描け、そしてその未来が見えたら、お前の道を切り開け。そうすれば、必ず未来はお前の望む世界になる。そこがお前にとっての新世界、Kyu-KyoKu になる」

新しい世界……。Kyu-KyoKu……。

そこでふと、僕はカオルコのことを思い出した。もう会えない、という言葉を聞いて思いついたのかもしれない。

「兄ちゃん、フレンズに……、僕の恋人が行くんだ。ブラジルへ。僕は行けなかった……」

猛烈な眠気の中で、寝言を呟くように尋ねた。

兄は一瞬だけ表情を曇らせたが、すぐに話し始めた。

「覚えていられるかわからないが伝えておく。ちょっと辛い話かもしれない。『宗教団体フレンズ』の母体は一万人委員会だ。健康体な男女を集め、そこで脳にチップを埋め込み完全に奴隷化するために集められている。男は肉体労働で奴らが住む建物を作ったり、食料を生産する。ロボットたちだけでは農業は難しいんだ。後は臓器移植のためのストックとしても重要だ。そして女は労働者の子を産み、または連中の性的な奴隷になる。遺伝子状態が適合すれば奴らの子供を孕ませる。

奴らはそのためにフレンズという宗教を使い、たくさんの若い健康的な男女を集めているんだ。政府に従う奴らはKyu-KyoKuに入り、肉体は一万人委員会の栄養源になれる。政府の方針とは違い、でも反抗的ではない、お前のカノジョのような自然派やスピリチュアリストも奴隷にする。

いいか？　それが奴らのやり方だ。両方の意見を対立させるようにしながら、実はその両方をコントロールして搾取している。お互い対立しているから、対立相手の政府や宗教しか見えない。その上にある委員会の存在は明るみにでることはないんだ……」

パチンと、頭の中で音が聞こえた。乱暴に電源が抜かれるように、僕はいなくなった。

15 ——虚無(KYOMU)を観察する

「あれ？」

唐突にスイッチが切り替わるように〝オレ〟が目を覚ました。

目を覚ました？　というべきか。体は完全に起きている。寝起きの感覚は皆無だ。

そうだ。ここはライジの部屋だ。

さっき、ベッドで眠った。いや、眠らされた。その後、いつもの夢ではなくて、向こうで完全にオレ自身になっているような、変な感覚だった。そして今度は、アイツがオレになっていて、ここでライジと話していた……。

「時間切れ、か……」

ライジがこちらを見て言う。

「一体、どうなってんだ？」

と尋ねるが、ここに来てから、いや、赤い靴下の男たちがゴルフをやっている時から、すでにわからないことだらけだ。

「今、奇跡的な確率で、奇跡的なことが起きていたんだ。お前の体は今の今まで、お前ではなかったんだ。お前自身もそうだったろ？　自分でなく、風次になっていた」

「あ、ああ……」

そうだ。オレは、アイツになっていた。

「お前は思い出してたはずだ。向こうの世界の自分を。お前はそこで何をしていた？　そもそも、どこの時間の軸に意識がシンクロしたんだ？」

「いや、ちょっと待ってくれよ、今、オレはオレじゃなかった。夢の中で、アイツがオレで……」

「質問に答えろ」オレの話を遮り、指を顔に向けて突き出す。

「さっき、お前は風次の意識と完全にリンクしていたはずだ。その時風次は、現実世界ではどこで何をしていた？」

「……よくわかんねぇけど。いつもの続きではなくて、時間がだいぶ飛んでいたような……」

思い出そうとすると頭が目眩のような、ぐるぐるとする感覚になるが、思い出しながらオレは話した。

「最初は寝てた。そして妙なカプセルから出て来るんだ。体験版のデジタル・トーキョーがどうのこうのって……」

「ほほう。多分フウジがKyu-KyoKuに入る前に、デモンストレーションとして入った時の記憶だ。いわばお前がこの世界で生まれる前……。確かに、そこでフウジが入っていたのはこの街だ。このビルの外。ここと近い座標にいた。だからさっきのようなことも起きたのかもなぁ。ちょっと確率を計算してみるか……」

ライジはぶつぶつと言ってから、後ろを向いてコンピューターを操作し始めた。

「体験版って、どういうことだ？　ここが、体験版？」

「そうだ」

キーボードを高速で叩きながら話す。話にはまるで集中していない様子で。

「そもそも、お前が今まで、住んでいた場所だって同じようなもんだ……。あー、めんどくせーな、さっきもお前に、いや、フウジの方に話したばっかだからなぁ。全然覚えてねぇのか？」

「なんとなく覚えているけど、会話の内容まではっきりは覚えていないよ。そもそも、わからないことだらけだ」

「まあそうだよな。えーと、膨張率……、95か。かなり、高いな……」

椅子を回転させ、再びこちらを向く。

「ここはそうだな……。プレ体験版でそのまま廃棄された場所だ。少なくとも連中はそう思っている。しかし俺はデータ丸ごと復元した。お前が今までいたKyu-KyoKuのトーキョー・シティには、俺の方から一方的にリンクを張れる。それがあのベンチの下だったってわけだ。もちろん、もう一度あそこに行ってもリンクはないけどな」

オレは黙って聞いている。聞くしかない。

「この場所自体は時空の隙間、宇宙の隙間、みたいなもんだ。それを虚数にして割り出して、Kyu-KyoKuのビッグデータの中に、ひっそりと繋いであるんだ」

オレは理解しようと考え込む。物理学とかの話は苦手だ。

「わからねえって顔しているな？　やれやれ、フウジの方が真面目すぎるけど頭はしっかり使えるんだけどな。でもどちらにしろ頭で理解するんじゃねぇんだ。もっとこう、深い部分で体感したり、認知していくもんだ」

「ふーん」

体感、か。どっちにしろよくわからない。

「Kyu-KyoKuは、今お前がリアルに体験してきた、いつも夢に見る〝現実〟と呼ばれる世界の中に、一つのデータとして存在している。しかし、その現実と呼ぶ世界だって、もっと大きな世界の中に浮かんでいるようなものなんだ」

「もっと大きな世界？」

「ああ。まあ、簡単に言うと死んだら行く世界で、生まれる前にいた世界のことだ。そこはこちらの科学では測定できない。何もかもが基準が違うんだ。地球の三次元の人間の考えや観測点では認識できない。Kyu-KyoKuの人間が、基本的には現実世界のことを知れないようにな」

「基本的には……」

「そう。お前がいい例だ。そういう奴もいるさ」

しばらく、それについて考える。いや、感じてみる。頭ではどうせわからない。でも、はちゃめちゃな話に、どこか腑に落ちている自分がいるのだ。

「詳しいことはよくわかんねぇけど、あんたの話……」

とオレが言いかけると、

「何度も言わせるな」ライジは眉間に皺を寄せながら言う。

「オレはこの世界ではライジだ。元は雷太だった。しかし今は別の人間なんだ。お前と同じでな。だからこの新しい名前がけっこう気に入ってるんだ」

顔を指さして威圧的に。何度やられても嫌な仕草だ。まともに出会っていたら確実に友達になりたくないタイプだと思った。

「えっと、ライジの話、頭では理解できねえけど、なんとなくわかってきた気がするよ。ずっと、この答えを知っていたような気がするんだ……」

いつも感じてた。何かがおかしいと。どこかに違和感があり、居心地が悪くて、いつもオレは周りから浮いていた。

「この世界が、作られた世界で、しかも、誰か、一部の人間たちのご都合によって、騙された、うそっぱちの世界だってこと、……信じられるよ」

オレはライジにそう伝えた。自然に、その状態が受け入れられている自分自身に驚きながら。

しかし話してから、ひょっとしてライジがオレの思考のプログラムに何か影響を与えたのかもしれないと冷めた考えが浮かんだが、それは口にしなかった。

「そういうことだ。でも大丈夫だ。俺が思い通りにはさせない。ま、その辺の説明はさっきフウジにした。お前がフウジと一つになれば全部わかる」

「オレが、オレの夢を見ている男と一つになる、ってことは、それは、オレがいなくなるってことなのか？」

オレは尋ねる。さすがに自分がいなくなる、ということについては、正直なところ冷静な気持ちで考えることはできない。

「いかん」

しかしライジはオレの質問に答えず、突然モニターを見た。

基本的に人の話を聞かないタイプだと十分に理解しているので、腹も立たなくなってきた。

「リンクの接点膨張率が50を切った。もう戻らないとまずい」

「え？　どういうことだ？　さっきからシンクロ率とか、膨張率とか……」

「ここは時空の隙間だと言ったろ？　実は非常にデリケートなんだよ。すべてはプログラムだ。向こうの世界にお前がいなくなったら困ってしまう。お前がいないと成り立たないんだ。ただ向こうとは時間の進み方が違うから、まだお前がベンチにいた世界では0・1秒も経っていない。しかし、その0コンマ1秒でも調整するのにやっかいな誤差が生まれる。あっちの世界が均衡を失うと、接点が消えてしまう。もっとお前には、観察してもらわないとな。KYOMUを……」

「虚無を、観察……」

KYOMUという言葉の響きだけが、さっきから実際に何が起こっているかを把握できていないオレに、リアルな感触を与える。

「じゃあな、こんな感じで会えるかわからないが、何らかの形でまたお前と会うだろう」

「ちょ……、オレはどうすればいいんだ？」

「観察しろ。それだけだ。あと最後に、お前の意識は猛烈に変わった。しかも覚醒率が今まで38％前後だったのが、77％を超えている。つまり、お前の観察しているKyu-Kyokuにはその新しい意識が入るから、お前の世界では、どんどん新しい世界が開けるし、加速するだろう。お前の意識を象徴するようなことが起きる。とにかく、お前は何が起きても大丈夫だから、安心して虚無にゆだね……」


ブラックアウト。


一瞬、長い瞬きをしたかのような真っ暗闇が目の前を覆ったと思ったら、オレの目の前には土と、汚れて、潰れたボールがあった。

「おーい、にいちゃん、そっちにあったかー？」

遠くから声が聞こえた。

オレは一瞬で自分がどこにいて何をしているのかを把握した。ゴルフボールを探すために、ベンチの下に潜ったのだ。

オレは立ち上がり、大きく首を振り、両手を振って、ここにはボールはないとアピールした。

赤い靴下を履いた中年の男は少しだけ残念そうな顔をしてから、

「わかった、ありがとうな！　もういいよ。どっか遠くに飛んで行ったんだろ！」

と、大きな声で言った。さすがに諦めることにしたようだ。

男は振り返って行ってしまった。オレはその後ろ姿を眺めてから、ゴルフをやっている赤い靴下の男たちを眺めた。

オレはベンチに座る。身をかがめて、股の間からベンチの下を覗く。先ほどは小さな鳥居と、石の祠が見えた。きっとあれがライジの言うリンクだったのだろう。今はもうただの公園の向こう側の景色が見えるだけだった。

何か考えようとしたが、まったく整理がつかなかった。

とにかく、わかったことはオレは現実には存在していなくて、この世界自体が、誰かに（一万人委員会？）作りあげられた仮想現実、だということだ。

なぜかしっくりと納得できる。頭ではそれを否定したい考えもあるが、やはりオレはこの事実をどこかで知っているのだと感じる。

そもそも思い起こすと、何かと不自然な事が多かった。何か、居心地の悪さのようなものを感じていた。いや、この世界があまりに都合良くできすぎているというか……。

そして、あの夢の世界。あれは夢でなかった。不思議なカプセルから出た時、オレはまさしくあの男、風次という男だった。オレとタイプが違うやつだが、明らかにあれはオレ自身なのだ。そして、風次はオレになっていた。オレの体は風次の意識によってコントロールされ、ライジと話していたのを、オレは「夢」として見ていた。

オレはアイツで、アイツはオレ。しかし、オレはアバターで、アイツが本体なのだ。

(これから、どうする?)

いきなりこの世界や自分自身が誰かに「作られた仮想のバーチャル世界」ですと言われても、一体何をすればいいのか？　聞き忘れたが、ここで出会っている人間もすべてアバターなのか？　ユナにしろ、母にしろ、目の前でゴルフをしている男たちも……。

仮想現実のKyu-KyoKuに意識だけを押し込められ、本当の自分の記憶を消され……。

(観察しろ)

そんなことをライジは言っていた。オレの意識が変わったから、世界が変わる？　加速する？　一体どういうことだろう……。

立ち上がり、歩き出した。ここは人が多い。一人になりたいと思った。

駐車場までの道のりを歩きながら、公園内や、歩く人々を観察した。いつも通りだが、すべてが違って見える。なぜなら彼らはすべてデータであり、作られたアバター。そしてこの世界そのものが、すべてプログラムされた仮想現実だと知ってしまったのだから。

駅前のビルに、緊急速報が出た。

『感染爆発。政府はロックダウンを決定。本日中に戒厳令が敷かれ、国民の行動は制限される』

そんな慌ただしいニュースだった。それを見上げている人々が、どよめき、不安そうにしている。

オレは携帯端末を取り出すと、やはり緊急速報が入っていた。ニューストピックを開くと、KYOMUウイルスの急激拡大という記事ばかりだった。

あまりに突然だ。数時間前までこんな緊急を要するような報道はなかったと思うが……。ニュースを見ると、もう先週くらいから感染が拡大しているとある。隔離されていたとはいえ、一般情報は入っていたが、そんなニュースを見た覚えがない。過去が変わってしまったかのようだ。

（これは、オレの意識のせいか？）

この世界は、作られた仮想の世界だと言われた。そしてオレ自身もプログラムであり、しかもオレ自身はこの世界のプログラムに大きな影響を及ぼせる。KYOMUのプログラムも、オレを通して拡がったとか……。

とりあえず何をすべきかわからないので、端末を使ってニュース速報を流し読みする。

あちこちで体が消える奇病「KYOMU」の発症者が爆発的に増え、病院に人が押し寄せている映像があった。完全にパニックムービーだ。

ミス沖田の写真もたくさんあった。彼女自身はメディアには出ていないが、対策本部で今後の対策を練っていると。

ミス沖田に連絡しようかと頭をよぎったが、彼女に何を話せばいいのか。そして彼女もこのKyu-KyoKuという仮想世界に閉じ込められた一人。それを伝えても信じられるはずがない。

ユナからそこでメッセージが入った。

「中央パーク広場にいるの？　さっき受信した！　私も今日はワークがあって近くにいるよ！」

こちらが許可をしている親しい人間には、こちらの居場所とある一定の距離に近づくとアラームが入る。それでオレの居場所がわかったのか……。

　立て続けにユナのチャットメッセージが届く。

「変な夢を見たの。どこか別の、見たことのない景色だった。見た目はフータじゃないんだけど、多分、私その夢の中でフータに会った」

　オレはそれを読んで、ユナに自分の居場所を教えた。会ったからどうなるというわけではないかもしれないが、会った方がいいような気がした。

16　調和を失った世界

　マキさんの前でまったく意図せずに瞑想してる時のような状態になってしまった、と思っていたけど、僕は単純に眠っていたようだ。それも、深く、深く。まだ先ほどの電気ショックの痺れが残って、疲労していたのかもしれない。実際、長く座っていたせいもあるが、足の付け根から腰がひどく強張っている。

　目を開けるとマキさんが目を開けてこちらを見ていた。

「戻ってきたね」

彼女は落ち着いた声で言った。

戻ってきた。そうだ、さっきまで10年前に死んだ兄の「雷太」と一緒にいた。

夢の中……、ではない。あれは夢ではなかった。聞いた話は、すべて事実だと、知識とか、頭の理解を超えた部分で体感している。ただ、もちろん頭はこんがらがっていて、マキさんに対してうまく反応できない。

「あたしはね」

彼女は僕から目を逸らして、ほとんど空になっている茶碗を手に取り、視線をそこに落としながら話しはじめた。

「子供の頃からちょっとだけ不思議な力があった。交通事故で脳をいじった後だ。その時に、一度死んだんだ。それからさ。色んなものが見えるようになった。聞いた事もないのに色んなことを理解できるんだ。

あたしのような力を持った人間は時々いるんだけど、あたしは若い頃、それでちょっとばかし世間で有名になっちまった。自分で選んだんじゃない。人の相談に乗っている内に担ぎ上げられたんだ。そして、ある団体に出会った。そこは世界中の人を〝友達〟にしようと、慈善事業をやっているグループで、彼らは物質主義から、自然主義や、スピリチュアルの世界を求める純粋な人たちだった。

その人たちはみんな気のいい連中だった。あたしも若かったからね。だから彼らに協力したし、あたしもそこで活動した。

宗教ではなくて、人間を精神的に成長させるためのグループで、そこで色んなことをやったもんだ。修行のようなこともやったし、カウンセリングのようなものもたくさんやった。

やがて組織はどんどんでかくなっていったのさ。しかし後からわかったんだけど、そのグループの中心人物の親は、あたしが思っていたよりも遥かに強い力を現実的に持っている人間だった。お金とかビジネスのことはあたしは無頓着だったからね、思えば活動資金がどこから出ているのかを、もっと早く気づけばよかった。あたしは自分の透視能力や未来予知など、体よく利用されたのさ。奴らは奴らで、ひそかに同じような能力者を抱えていたからね。だから自分たちの正体をあたしの千里眼から隠す結界の術を心得ていた。

あたしが気がついた時にはもうその組織は世界的に広がっていて、特定の神や教祖がいない宗教法人になっていた。立ち上げた時の純粋な気持ちをもったメンバーは、その頃には組織内での発言権は奪われ、運営はもっとビジネスに長けた連中が行っていた」

「友達……。まさか、フレンズ？」

僕はぴんと来たので思わずそう口にした。

「そうさ。〝友愛の精神〟こそがすべての信条であり、すべての原則。アメリカに進出し、そこでさらに大きくなって『フレンズ』という新興宗教に変わったのさ」

まさかマキさんがフレンズの創設期のメンバーだったとは……。教祖のような存在はいないので、創設に関しては、日本の有機農業団体からの自然発生的なものが、アメリカで広がったとだけ習った。

「時代が時代だったからね。ウイルス騒ぎや、天変地異、経済的な大混乱もあった。そういう時には人は宗教とか、形のないものにすがりつくもんさ。実際、あたしも含め、超能力者のような連中が担ぎ出されたしね。まあ、宗教団体が金を集めて大儲けするなんてことは昔からよくあることさ。権力と結びついてね。だが奴らの目的は金儲けではない。金儲けだったらかわいいもんだ……」

「一万人、委員会……」

兄の言っていた話と結びついた。

「……」マキさんは数秒間沈黙してから口を開いた。

「あんたが何者で、どうやってそれを知ったのかはわからない。その名前すら知る者もいないはずだ。しかし、あんたにはシヴァの片鱗が見え隠れする。さっきも、あんたはシヴァの何かとつながっていた。それがあんたが見る夢と関係あるのかい？」

「シヴァ……」

先ほども言っていたが、どういうことだろう……。

「そうさ。シヴァだ。別にあたしは特定の宗教観念はないよ。神社を大切にしているのは、ただ自分を調《ととの》えるためさ。常に自分が自分の真ん中にいないと、高次元からインスピレーションを聞いたり、イニシエーションの精度が落ちるからね」

イニシエーション。宗教儀式のことだろうか？

「それにそもそもあたしゃ日本人だからね。日本人が神社に手を合わせるのは真っ当なことさ。あんたもそうだろ？　そう思わないかい？」

突然の問いかけになんて答えていいのかわからずにいたけど、マキさんは僕の返事など待たずに話の続きをした。

「シヴァってのはヒンドゥー教の神さ」

それは知っていた。ブラフマー、ヴィシュヌ、シヴァ。創造と維持、破壊の神の名前だ。これも兄の本棚から学んだ知識だった。

「奴らの仕組んだこのバカげたシナリオはね、シヴァによって破壊されるってことを、あたしは知っているんだ」

　マキさんはほとんど入ってない湯呑みを口に運び、ぐいっと傾けて数滴の水分で喉を潤した。ずっと喋り続けているから喉が渇いているのだろう。

「いいかい？　世界は調和が必要だ。今、こんなおかしな世界になっちまったのは不調和だからさ。これは一人一人の不調和でもあるけど、奴らが何百年もかけて人々の意思を不調和に導き、地球を不調和の波動で満たしたんだ。目的は、その方が世界をコントロールしやすいからさ。そうやって自分たちで破茶滅茶にしておいて、今度は世界の人々をカプセルに閉じ込めて、土壌浄化の栄養源に使って、自分たちが地球のバランスを取るつもりらしいが、ただの自作自演さ。

　これは〝大いなる意思〟からすれば、奴らのエゴでしかない。奴らがコントロールして、世界に不必要なものを作ったのならば、それは破壊される。あたしのビジョンでは、そのためにシヴァが現れるってことがわかったんだ。もちろん、この世界はいつも不明瞭だ。常に揺らいでいる。シヴァは、ひょっとしたらあたしの目が黒い内には現れないかもしれないし、何百年もあとかもしれない。でも、必ず現れる」

　破壊と聞いて、兄が先ほど言ってた〝破壊プログラム〟という言葉を思い出した。仮想現実Kyu-KyoKuを破壊するプログラムだと。

「よくわかりませんが……。僕は、恐ろしい夢を、いや、その夢の世界で、恐ろしいことを教えてもらったんです。この世界の仕組みと、僕のこれから、Kyu-KyoKu、そしてフレンズ……」

そうだ。フレンズのことは忘れかけていた。シンクロ率がどうのこうのという話から、僕は強烈な眠気の中で、兄の言葉を覚えようと必死にもがいた。しかし意識が途切れてしまい、再びここにいた。

でも、思い出した。フレンズの実態を、最後に兄は教えてくれた。マキさんの話でも線が繋がった。

カオルコを、フレンズに行かせるわけにはいかない。しかし、では他にどんな選択肢があるのだろう……。

「何を聞いたんだい？」

マキさんがそう尋ねるので、僕は兄との会話を思い出す。

「僕も混乱しています。政府のやってることが嘘だとか、フレンズも実は同じ母体とか……。そして、この世界だって似たようなものだって……。一体、何がなんだか……」

そう、僕だって今起きていることを、どこまで信じていいのか、また、どちらを信じていいのかわからずにいるのだ。

「あたしだって全てがわかるわけじゃない。特に政府が今やっている究なんちゃらってやつのことはちんぷんかんぷんだ。どっちみちここのエリアもその内完全に閉鎖されて見捨てられる。今はまだ食料が届いているが、あれもいつどうなるか……」

そうだ。謎の食料物資の配達。一体誰が？ そして、マキさんのこと。

「お尋ねしたいんですが、マキさんはフレンズのメンバーだったのに、どうしてここに来たんですか？」

いくつも聞きたいことがあるが、とりあえず僕はそこから尋ねる。

「やつらの陰謀に気づいたのさ。奴らの黒幕にね。でも、もちろんこちらが気づいたことを気づかれては、奴らはどんな手を使ってくるかわかったもんじゃない。過去にも奴らの手によって、何百人と、暴こうとした志ある者たちを血も涙もなく屠《ほふ》ってきた連中だからね」

兄の雷太も、彼らによって消された一人。しかし僕はそこには触れず話の続きを聞く。

「だからあたしは何気ない顔をして帰国と脱退を申し出た。能力がなくなったと言って、本当にそう演じた。自分の霊的な力を一時的に封印したのさ。だから向こうの超能力者もあたしから力が消えたということは理解してくれた。そして都合よくと言うべきか、母が病気になったので、それを理由に日本に戻って暮らしたいと。

しかし奴らもなかなか信じない。用心深い連中なんだ。あたしもとぼけたふりしながらやっていくのに苦労したよ。

そして奴らは結局人質がわりに、あたしの息子をアメリカのニューヨーク本部に置く条件を出してきた。あたしはそれを飲んで日本に戻ってきた。ただ条件も何も、息子はどっぷりとフレンズに洗脳されてたからね……」

「息子さんが、いたんですね」

「ああ。父親は立ち上げた頃のメンバーさ。彼は若くして病気で死んでしまったけどね」

彼女の表情は、息子さんのことや、亡くなった夫の話をしてもちっとも変わらなかったが、ほんの少し、声色に影のようなものが落ちたような気がした。

「東京に戻って来てからも、フレンズからの監視は続いた。そこであたしは政府にいる知り合いに頼んでＩＤを偽造して、ＤＮＡをすり替え、顔も変えて、このジャンク街に紛れ込んだのさ。戸籍上は死んだことになってる。もう10年以上も前さ」

顔を変えて……。壮絶なその生き様に、僕は言葉が出なかった。

「逃げたと言えば、逃げた。勝ち目のない戦をしても仕方ない。そしてもう連中をあたし自身がどうこうしようってことは思っていない。なんせシヴァがそれを裁いてくれる。人の身で人を裁くのは天の理《ことわり》に反する。ただ見届けてやろうって思っているだけさ。そしてせめてここにいる間くらいは、この街の可哀想な連中の手助けになればいいと思っているのさ」

彼女はそう言ってほんの少しだけ笑った。

「運ばれてくる食料って」僕はそこで思ったことを口にした。

「ドローンは政府直轄のシリアルナンバー以外は東京内では動けません。もし見つけたらそれこそ監視ドローンに攻撃されます。マキさんの知り合いという方がやってくれたんですね？」

「そうさ、その辺をうまくやってくれた。あたしはよくわからないけどね。にしてもあんた、ずいぶん詳しいじゃないか」

マキさんがそう言ってドキッとした。そうだ。僕自身が政府で働いていることはまだ話していないのだ。

「まあいい。あんたが何者なのかはどうでもいいことだ。悪い子じゃない。それはわかるよ」

そう言って彼女はふんっと鼻を鳴らす。

「政府の知り合いといっても、9年前に死んだよ。システムだけ作ってくれていたんだ。フレンズや政府の組織のことを暴いた連中がいてね。まとめて闇に葬られた」

「……」

「どうかしたかい？」

僕が一瞬押し黙ったので、マキさんが尋ねた。

「いえ……」と言った後に、僕は話した。

「マキさんの直接の知り合いかはわかりませんが、9年前に亡くなった、その人たちの中に、僕の兄がいました」

「……」

今度は彼女が黙った。

「僕は、兄に夢の中で、いや、どこか違う世界で会ったんです。兄が言うには、仮想世界のような場所で。会ったのはさっき……、なのかな。よくわからないけど。そこで、色々と教えてもらったんです。にわかには信じがたい話を。でも、兄の話は嘘じゃないってことが、なぜかはっきりと確信を持って言えます」

「そうかい……」

マキさんは僕の目を見た。最初に会ったときの、僕の奥というか、裏側を見透かすような目つきで。

「あんたは色々と背負っているんだね。ところであたしの知り合いってのは、あたしの弟なのさ」

「弟？」

「何も驚くことないだろう……。あんたには兄さん。あたしは弟。何か因果を感じるね。兄と弟がひっくり返ってるけど、あたしたちはきっと何らかの縁があるのさ。ところでさっき入り口にいたミコって子は、弟の娘だよ。つまりあたしの姪っ子ってことになる」

僕は先ほどの女性を思い返した。

「弟はあたしより13歳も離れていて、しかも弟自身は晩婚でね。ミコは遅い子供だったから、よく孫に間違われるけど、姪っ子だ。あの子は本来はここにいるべきじゃないんだ。ひょっとしたらＩＤの偽造が見つかったら、向こうに連れ戻される可能性がある」

「それは、つまりあの人はKyu-KyoKuに？」

「人格審査に引っかかったわけではないし、軽犯罪者ってわけでもない。若い人は率先して送られる可能性があるからね……」

僕は考える。もしもあのミコという女性がジャンク街から出て、Kyu-KyoKuに入ったのなら……。

「あの子もまだ夢を見る力を持っている。そして何より、あたしの持つ〝目〟を受け継いでいる。遠くを見通せる目をね」

夢を見ている……。それはやはりKyu-KyoKuの世界のことなのだろうか？

「どれ……。あんたがいつも何を見ているのか、見させてもらおう……」

マキさんは僕の頭の上の辺りに、ぼんやりと視線を合わせた。焦点は合っていないが、何か空間を見ている。彼女は先ほど〝千里眼〟と言ったが、きっと何かが見えているのだろう。

「ふーん……そこは違う時間が働いている場所だね」彼女はそう言った。

「世界には時空の隙間がある。あんたの見ている夢は、多分そういう場所だ。ここじゃない世界だ。違うかい？」

「違う時間が働いている……？」

「時間がない。すべて完結している。ええい……上手く言えないよ！　完結している時間。しかし、あたしたちがそれを体験するためには、矛盾しているようだけど、やはり時間が必要なのさ」

マキさんはイラついた様子で言い放ったが、僕はふと、ディスクやクラウドに保存されているドラマや映画などについて考えた。

ディスクの中にはデータとして、2時間の物語が詰まっている。しかし、それを僕らが体験するには「再生」しないとならない。

ディスクそのもの、データそのものには時間はない。でも、見るためには時間が必要になる。違う時間が働いている場所とは、つまりKyu-KyoKuのようなデータということだ。兄も言っていた。時間は、ないと。

そして、この世界も同じようなものなのだと……。

僕はその考えをマキさんに伝えてみた。彼女は納得したようだった。

「そうさ。連中は人工的にそれを作り出したかもしれないけど、本来はこの世界も、無限の宇宙の中にあるどっかしらの時空だ。すべてフラクタル構造になっている。我々が夢を見るように、我々は誰かの夢に見られている。政府がKyu-KyoKuというバカげた世界を作ったように、この世界だって大いなる存在に作られて、あたしたちはこの世界に閉じ込められているのかもしれない。それに気づかずにね」

「大いなる存在とは？」

「神、というやつだろうね」

僕の質問にマキさんは迷いなく答える。

「西洋でもクリエイターとか言うだろ？　創造主だ。ただあたしもよくわからないさ。あたしはそれを感じるに過ぎない。あたしも創造された物だからね。創造された物同士のことを多少わかってるってだけさ。ただ、奴らは神の力で創造されたこの世界を、我がもの顔で汚し回った挙句、それを清算するために、その中で自分たちが神として振るまって、デジタルの世界を作って、みんなの生命をそこに閉じ込めようとしてるってことは、単純に気に食わないね」

マキさんは苦々しく言う。それはそうだ。僕だってマキさんや兄の話が本当なら、そんなことは納得できないし、許されるべきでないと思う。

しかし僕はそれよりも、自分の住んでいる世界そのものに対して、色々と考えさせられた。

(神……)

僕ら人間がプログラムを組んで仮想空間を作るように、神がこの世界を作った？　神といえば、神社の神とか、フレンズの教義の「宇宙エネルギー」とか、キリスト教の神とか、色々とあるけど、きちんと考えたことがなかった。

「神が作った世界を冒涜したのだから、神が壊すんだ。破壊神がね」

マキさんがそう言った時、部屋のドアが数回ノックされた。

17　KYOMUの拡大と二極化

ユナはすぐにやって来た。しかし、来る直前にニュース報道があり、全国民に不要不急の外出を避けるようにと政府から指示があり、今後、戒厳令を発令する可能性があると言われた。そして、極力人との接触を避けるようにとも。

街を歩く人たちにも一斉にそのニュースが駆け巡る。街の電光掲示板や、全員のタブレットに、そして頸椎に埋め込まれたマイクロチップ経由でも、緊急ニュースとして飛び込む。KYOMUの恐怖が世界中に蔓延している。

「フータ！　会いたかった！」

ユナはオレを見つけるなり走り込んで、人目も憚らずに抱きついて来た。

「おいおい、人との接触を避けるようにって今ニュースされたばかりだぞ」

オレはそう言って周りを見渡すが、ユナはオレの体を離さず、涙声で言う。

「よかった。フータが無事で……。いきなり隔離されたって……。出て来たと思ったら家にも帰らないし、連絡取れないし……」

「なあ、お前は、この騒動が怖くないのか？」

オレはユナの呼吸が落ち着いてからそう尋ねた。

「怖いよ……。一体何がどうなっているの？　海外のニュースとか、人がどんどん消えていっている。政府の発表より、バーチャル・ネットでの情報の方が早いからね。だからてっきりフータもKYOMUになったのかって。消えてしまうんじゃないかって……」

「オレの目の前で、仕事で組んでいた仲間がやられた。だからオレも疑われたんだ。でも大丈夫だ、とのことだ。感染はしていない」

KYOMUはミス沖田の話ではウイルス感染という証拠はない。国民に説明をつけるために便宜上そう言っているだけだ。しかし、これの正体は別の意味でウイルスなのだ。ライジがこの世界を壊すために作り〝オレ自身〟がこの世界に持ち込み、発動させた破壊プログラム……。

「そういえば、夢を見たって……」

ユナに尋ねると、

「うん。なんか、妙にリアルな夢でね……。私はどこかの地下にいて、階段を上がって外に出るの。そしたらドアを開けたらフータがいたの。フータじゃないんだけど、私はフータだって気がしたの。おかしなこと言ってると思うでしょ？　だって夢だもんね。でもね、普通の夢じゃないの……」

「いや、信じるよ」オレはそう言った。

「そしてそこは多分、夢じゃない」

「え？　夢が、夢じゃない？」

ユナの真っ直ぐな視線とその疑問符に、オレ自身もどこまで説明していいのかわからない。なにせ自分自身がどこまで理解しているかわからない。

「いいかユナ」オレなりにわかってることを説明してみる。

「夢なんだ。この世界が〝夢〟なんだ。お前は夢を見たと思っているけど、オレたちが夢であり、夢に見られているようなものらしい」

「ちょっと、よくわからない……」

ユナは不安そうな顔をする。

ふと周りを見ると、さっきまでたくさんいた人たちがどんどんいなくなっていく。空中道路には車がたくさん飛んでいる。家に帰るのだろう。

「お前は帰らなくていいのか？」

「私たちが、夢？　どういうこと？」

オレの質問に答えずユナの方が質問する。やれやれ、オレの質問はいつも聞き入れられない。

「オレもよくわかっていない。ただ、オレたちは何か大きな思い違いをしている可能性がある」

「思い違い……」

そこで横の方から声が聞こえた。

「おい、お前たち。政府の報道を聞かなかったのか？」

警官だ。二人組だった。

「非常事態だ。家に帰りなさい。まもなくすべての駅、テレーポート・ステーションは封鎖されて、空中道路も規制が入る」

その警官自身も、この事態に混乱し、怯えている様子が見て取れた。無理もない。彼らだって体が消えてしまう病気なんてなりたくない。

「とにかく行こう。車は向こうに停めてある」

オレはユナを連れて駐車場へ行き、車を動かした。

「どこに行くの？」

「わからない……」

わからない。どこに行けばいいんだ。道路情報を見ると、空中道路は規制がかかるが、地上道路は問題なさそうだった。そもそも、地上走行の車はほとんどいないのだから封鎖してもあまり意味はないのだろう。

「フータは、ずっと隔離されていたんでしょ？　そこで何かわかった？」

「どうだろう……。わかったというか……」

「KYOMUって、なんなの？　これ、本当に病気なの？」

ユナが尋ねるが、オレは何を話していいかわからず、ハンドルを握り押し黙る。ライジが話したことを、もう一度頭の中で反芻させる。

「そういえば、フータは雷神さんって知ってる？」

そこでオレは驚いて急ブレーキを踏んでしまい、体がぐんと前に持っていかれそうになった。しかし自動重力装置が作動して、体が浮いたような状態になった。

「わ！　どうしたの？」

「いや、ちょっとな……」

そうだ。オレの知るライジと、プログラマーの雷神。やはり無関係とは思えない。

「雷神って、ゲームクリエイターで、映像プログラマーの人だろ？　バーチャル・ネットの」

「そうそう。それでね、昨日雷神さんが投稿したメッセージはすごいよ。すぐに政府がバーチャル・ネットのその情報は消したけど、みんなすぐにコピーして拡散したからね」

「で、その雷神はなにを言ったんだ？」

「うん、KYOMUの中に消えれば、本当の自分に目醒める。だから恐れるなって……。私たちは本当は眠らされていて、意識だけをこの作られた世界に閉じ込められているって……。」

言ってる内容はライジの言ったことと確かに繋がる。そう思いながらオレはユナの話を黙って聞く。

「KYOMUは病気じゃないって……。恐れる必要はないって言うの……」

オレは車を自動運転にして、ナビゲーションで人気のいない公園を探した。トーキョーの中心部は無理だろうから、もっと外れの方に行く必要がある。

「それで？」

自動ナビゲーションに、郊外で現在人のいない大きな公園を探すように指示を出しながら話の続きを聞く。

「消えた先は死ではなくて、本当の現実の世界だって言うの。意味わかる？　こっちで消えると、目醒めるとかなんとか……。

それでね、今バーチャル・ネットでも意見が真っ二つに分かれていて、『KYOMUなんて怖くない』って雷神さんの考えに賛同する人たちと、『あれは恐ろしい病気だ』って言う人たちと……」

「お前はどう思う？」

「うーん……。最初は正直意味わからなかったんだけど、夢を見たでしょ？　なぜかその後になってから、ストンって、雷神さんの言う話を信じられるような気になったの……。うまく言えないけど……。もちろん、政府の報道とか一般のニュースでは、ただただ恐ろしいウイルスですって言ってるんだけど、なぜか私は一般報道より雷神さんのメッセージに引き寄せられてる」

「夢から醒める、ってことなのかもな……」

オレは独り言のように呟いた。

「夢から？　それは、ここが夢の中だからっていうさっきの話？」

その質問には答えず、車の車内モニターを眺める。

ナビゲーションは郊外の公園を選んだ。ここから1時間ほどかかるが、そこは政府の戒厳令には入っていないし、ユナの家はそちらの方角だ。オレは今は家に戻る気はしないが、ユナはひょっとしたら家に戻った方がいいのかもしれない。そちらに向かいながら考えよう。

「とにかく、トーキョーの中心部は離れよう。戒厳令が出て外に出たら、警官に捕まるかもしれない。お前は家に戻らないのか？」

「どうしよう……。なんか、とんでもないことが起きそうな気がする……。怖い。自分がいなくなってしまいそうで……」

「自分がいなくなる？」

「うん。実はしょっちゅう思うの。朝目が覚めた時にね、あれ？　私は何をしているんだっけ？　って。ほんの一瞬よ？　本当の私はここじゃないって。でも、数秒もしたらその感覚は忘れて、いつも通りの私になっているの。でも、昨日見た夢……。今フータ言ったよね？　夢から覚めるって。そうよ、その感じ。あっちの私が、この私の夢を見ている。私は夢として見られているって感じ。いつもなら朝目覚めた一瞬の感覚だけど、今はその感覚がずっとあるの……」

（ユナも、オレと同じように、何かに気づき始めているのか？）

「他にも、そういう人いるのかな？」

ふと気になる。オレたちの他にも同じ感覚に目醒めた人がいるのだろうか？

「え？　どうだろう」

「バーチャル・ネットで、そういう意見はないのか？」

「うんっと……。ちょっと待って、検索してみる……」

ユナはタブレットを開き、指で操作し、その後目を閉じた。ユナの使ってるソフトウェアは全部網膜の裏側に3Dモニターを映し出し、頭の中だけで閲覧と操作できるソフトだ。マイクロチップを埋め込めば誰でも使える。

「いる！　うん、けっこういる！　世界中にいるよ！　今の自分は夢の中にいて、本当の自分は別の世界にいるって意見の人たち！　直接こうやってバーチャル・ネットで発信している人たちがこれだけいるってことは、実際はもっといるのかも。二極化しているって誰かが言ってるけど、本当に意見や考え方が真っ二つに分かれている」

ユナは興奮した様子で話す。

「どんなこと言っているんだ？」

「えっとね……。ここは夢の中で、KYOMUはオレたちを目醒めさせるためのカンフル剤だとか、私は蝶になる夢を見てたつもりが、私は蝶が見た夢であり、これは古代の故事にある話だけど、この世界はまさしく夢なのだ、とか……」

「ふーむ……」

「フータは、何を知っているの？　前に変な夢を見るって言ってたじゃん？　ひょっとして……」

「ああ、そうだ。きちんと話してはいなかったけど、オレも別の世界の夢を見てた。そしてそっちの世界のオレは、こっちの世界を夢に見ている」

「やっぱり！　じゃあ私たち一緒だね！　なんかうれしい！　フータってさ、結局自分のことあまり話さないじゃない？　だからよくわからないところがある。でも、私たちは同じ夢を共有しているんだね」

ユナはオレと同じ世界観を共有してることに素直に喜んでいるけど、果たしてそれは喜ぶべきことなのだろうか？

「オレもよくわからないんだ。少し、考えを整理させてくれ」

オレがそう言った時にナビゲーションが急に進路を変えた。予定してた道路が封鎖されて、遠回りルートが示された。

「あと1時間ほどかかる。大きな道路は警察車両と救急車両以外通れなくなった。遠回りだ。西部にある郊外の国立公園に行こうと思っていたんだけど……」

「うん、別にいいよ。フータと一緒なら。なんか急に元気になってきちゃった」

「でも、家はどうなんだ？　親も心配して……」

オレがそう言いかけると、

「大丈夫だよ。家族にはメッセージ入れとく」

ユナはそう言って数秒間目を閉じた。きっと瞼の中で操作して、メッセージを送信しているのだろう。

「あ〜、なんだか安心したら眠くなって来た……。昨日も、あまり寝られなかったんだよ。ふぁ……。ちょっとうとうとする……、かも……」

目を閉じたまま、体を伸ばして欠伸をしたかと思うと、ユナはいきなりうとうととし始めた。

「なあ？　ユナ？」

声をかけた時にはすでに寝息を立てていた。元々すぐに車で寝るタイプだが、これは早すぎる……。また夢の世界……、いや、あっちの『現実』に帰っているのかもしれない。

オレは車を走らせながら考える。もうライジには会えないのだろうか？　聞きたいことが山ほどある。しかし、こちらからはアクセスできないと言ってた。バーチャル・ネットの雷神さんという人物にアクセスを取ればいいのだろうか？　そもそも、その雷神さんは、オレの知るライジと同じ人物なのだろうか？

車をオート・ドライブにして、タブレットを取り出し、雷神というバーチャル・ネットの人物に連絡を取るように指示を出したが、連絡は不可能とのことだった。バーチャル・ネットのメッセージチャットがあり、世界中から多くの人がメッセージを送っているが、返信はおろか、既読すらつかないと、多くの人がコメントしている。雷神はあくまでも発信するだけの、謎の人物なのだ。

仕方なく、再び車のハンドルを握る。運転をすると気分が落ち着き、冷静になれる。景色を見る。さすがに誰も出歩いていないが、街並みは普段と変わった様子はない。この辺りも何度も走ったことがある道だ。

ニュースでは建物や、無機物が消えるという報道はまだ一つもない。しかし、オレが見たように、やがてあらゆる物が消えていくのかもしれない。

この世界や、オレ、そしてユナや、関わるすべての人が、このまま消えてしまうのだろうか？　消えるとは、死ぬということなのか？　本当の自分に目醒めると言われても、何か納得がいかない。

しかし、怖いという感覚はない。これも不思議だ。自分がいなくなるかもしれない、世界がなくなるかもしれないのに、どこか傍観的な自分がいる。この思考もライジに仕組まれたプログラムなのか？　すべてが仕組まれたことならば、一体オレはどこまでオレの意志で動いているのだろう？

怖くはない。しかしこのまま終わってしまうことに妙な残念さがある。

この世界は夢？　どうしてこんなものを作ったのか？　一万人委員会？　本当のオレは滅びかけた地球の栄養素？　一体オレはなんなのだ？　この世界はなんなのだ？　ど

うしてこんなもんがあるんだ？

あっちの夢の世界、いや、現実の世界ですら、一種のプログラムだと話してもいた。そうなるともう完全にお手上げだ。

隣にいるユナはすやすやと眠っている。しかし、彼女もまた、本体は〝あちら〟にいる。ユナというプログラムは、やがてはKYOMUに捕われるのだ。目の前から消えてしまう。

「残念だよな……」

オレは呟いた。ユナもそうだし、自分自身も。自分の記憶がほとんど作り物で、人格や性格も人工知能に意図的に仕組まれたものだとしても、それなりに楽しかった。

ただ、その事実が悲しいと思う。

でも、その考えとは相反するようだが、こうも思う。オレはオレだと。オレは確かに、ここにいる。〝自分〟というものがなんなのかはわからない。哲学的な問題かもしれないし、科学とかもっと高度な数学的なものなのかもしれない。ただ、「オレはここにいる」ということの感覚は、嘘偽りないものだと感じている。

18――コントロールルームから、混沌の儀式

マキさんの部屋のドアがノックされ、「はいよ。開いてるよ」と彼女は大きな声で返事をした。

扉が開き、入ってきたのはまだここで見たことのない若い男性だった。長い髪の毛を下ろし、一瞬女の人かと思うほど綺麗な顔つきで、大きな布をマントのように羽織っている。

「マキさん、コントロールルームの様子がおかしいんだ。なにかやべえことが、起きてる……」

見た目とはギャップのある低い声で男は話した。何やら深刻な様子だ。

「どうしたんだい？」

「見てもらえればわかるよ。何か、説明のつかないことが起きている……」

マキさんは「よいしょ」と言って立ち上がり、狭い玄関でサンダルをひっかける。

僕はどうしていいのかわからずおどおどしていると、「何してんだい！　あんたも来るんだよ！」と叱られ、僕は慌てて立ち上がった。

「おいおい、コイツも？　みんな怪しんでたぜ？　連れて行っていいのかよ？」

男は僕に対して、あからさまに不審の目を向けて言ったが、

「ああ、この子のことは保証するよ。いや、むしろ見てもらった方がいい」

とマキさんが話すと、「ふーん……」と、まだ信頼を得ていないのはわかったが、とりあえず納得した様子だった。

ここに来てからずっと、彼女に助けられている。破壊神、とやらと僕が関係しているからなのだろうか……。

先ほど入ってきた、飲食店などが並ぶ方向とは反対方向へしばらく進むと、突き当たりに頑丈そうな鉄のドアがあった。鉄格子の小窓があり、奥は薄暗くてわからない。

「こっから先はね、さっき話したあたしの弟や、その仲間からの指示を受けて、東京の電力網や通信網に密かにアクセスできる機器を置いてある。他にも様々な動力源の機械を設置して、地下水を汲み上げたりもしている」

「へえ、地下水」

言われてみると、さっきお茶を飲んだ時に体に染み渡るようなうまさを感じた。

「そうだ。ここの水は美味いんだ」

男が誇らし気に言ってから、２箇所ある鍵穴に鍵を差し込み扉を押し開けた。金属が

床のコンクリートに擦れる甲高い音が、開いた奥の通路に響いた。そしてひやりとした空気と、かすかなカビ臭さを感じた。

扉が開くと、マキさんは何も言わずに歩き始めた。そして男は僕に向かって何も言わず顎で「先に行け」とジェスチャーを出したので、僕はマキさんの後ろを歩く。そして男は僕の後を張り付くように歩く。

通路は打ちっぱなしのコンクリートで、かなり古いものだとわかる。所々水が侵食している。マキさんは戦時中の、つまり第二次世界大戦中の隠し通路と言っていたが、その頃に作られたものなのだろう。

天井の電球の数が少なくなり、暗闇の領域が多くなる。マキさんはゴム底のサンダルで、一定のリズムを刻みながら何も言わずに歩く。

僕のすぐ後ろには、まるで僕を連行するかのように、若い男が張り付いている。いや、監視し、疑っている。彼の頭の中はわからない。でも、彼が今どんな感情でいるのかが伝わってくる。不安、攻撃性、僕への懐疑心、そして彼自身の持つ、自分自身への怒りなど……。

マキさんの足音が止まった。僕は後ろに気を取られていたので、慌てて立ち止まり転びそうになった。

「ここだよ」

マキさんの立ち止まった場所はちょうど暗がりだったが、横に木製の扉がある。ドアノブには、てのひら大の電子機器の部品が取り付けられている。何かのセンサーのようだ。

「カイジ」

とマキさんが言うと、後ろの男は僕の横を抜けて、扉の前に立つ。カイジ、というのが彼の名前のようだ。

カイジはジャラジャラと鍵の束を取り出して、その中の1本をドアに差し込む。そしてセンサーに手首をかざしてから、ポケットから端末を取り出して暗証番号のようなものを入力する。そしてようやくがちゃりと、木製のドアには似つかわしくない、金属的な音が通路に響いた。

「マキさん、おどろかねぇでくれ。オレも定時の点検に来て気づいた。朝の点検の時もなんかおかしいって気づいたけど、さっきの午後の点検で……」

カイジはドアノブに手をかけたまま話す。

「いいからさっさとドアをお開け。あたしが見て判断するよ」

マキさんが強い口調でそう言うと、カイジは話すのをやめてドアを開いた。木製のドアに見えたが、表面に板を張っているだけで、分厚い金属製の扉だった。

中は真っ暗だったが、カイジがすぐにスイッチを入れ、天井を横切る、1本の長い蛍光灯が灯る。
そこは古い時代の電気系統の制御装置や、そのコントロールのためのコンピューター
ルームだった。広さは先ほどのマキさんの部屋と同じくらいだ。しかし、古いタイプの
コンピューターや、他にも様々な機器が所狭しと置いてあり、電気配線などが剝き出し
で部屋を行き来し、僕ら三人がコンピューターの前に立ったらそれでもう一杯だ。壁は
頑丈そうなコンクリートで、白いペンキを塗ってある。
「ずいぶん薄暗いね。明かりはどうしたい？」
マキさんが言う。確かに中は弱い光の蛍光灯1本では頼りなく感じた。
「蛍光灯が、半分消えた。見てくれ」
カイジがためらいがちにそう言うので、僕らは天井を見上げる。
「あれま」
マキさんはそう言うが、初めて入った僕には一瞬何が起きたのかまるでわからなかっ
た。しかし、よく見ると50㎝ほどの長さの、明かりの点いていない蛍光灯がもう1つあ
るのだが、その片方が切断されたかのように、綺麗になくなってる。
不自然なのは、天井に蛍光灯が本来装着される部品もなく、その部分だけコンクリー

トが丸くえぐられている。ペンキが塗られていないので、その部分だけ灰色なのでよくわかる。

「消えているんだ。途中からすっぱりと。天井ごと〝えぐって〟な」

カイジはそう言って大きな音を立てて唾を飲み込む。

「他にもある。その椅子。キーボードも1台やられた。モニターもよく見ると小さな穴がたくさん空いている」

コンピューターの前にキーボードがあるが、プラスチックの部品が途中で切れている。いや、消えているのだ。不自然なほど。

床には倒れた椅子がある。椅子には本来4本あるべき脚が2本しかない。どちらも途中から鋭利な刃物で綺麗に切り取ったかのような切り口だ。

「内側のドアノブも、ない」

振り返ると、ドアノブが半分なくなっている。こちらは金属だ。金属が途中ですっぱりと消えている。綺麗な断面を残し、金属部品がそこだけ新品のように輝いている。

（僕は、これを知っている）とすぐに思った。夢の中……、いや、あちらの世界の「KYOMU（虚無）」の症状だ。兄が仮想世界Kyu-KyoKuに仕掛けた破壊プログラム……。

しかし、（ここは現実だ。一体どういうことだ……）。

「もちろん、ここは鍵がないと入れないし、手首の静脈センサーは数人しか登録していない。暗証番号は数分ごとに変わるけど、開けた履歴もないし、物理的な形跡もない。意味がわかんねぇよ」

カイジがそう言ってから、しばらく三人共黙りこくっていたが、マキさんが口を開いた。

「とうとう、始まったかもしれない。破壊神が動き出したんだ……」

「よくわかんねぇけど」マキさんの言葉に数秒間を開けてカイジが話す。

「一番まずいのが、ドローンの受信機が……」

カイジは壁の一角を指し示した。何かの機械の上、の空間にしか僕には見えなかったが、そこに何かがあった形跡は見て取れた。カイジの話では、とても重要なものがそこにあったのだろう。

「……仕方ないよ……。分け隔てなく、無にしていくかもしれない」

マキさんはそう言った。

「でも、これでもう食料は今あるストックだけだぜ？　最近、政府からもほとんど支給されないし、月に1回ボランティアの炊き出しがあるけど、あいつらだっていつまで来るかわかったもんじゃない……」

「今すぐにメンバーを集めな。ところでミコは？」

「まだ戻ってないんじゃないかな？　わかんねぇ」

カイジがそう答える。

「とにかくあんたは先にお行き、そして外回りに行ってるミコも呼ぶように。イニシエーションを始めるよ。みんな手伝っておくれ」

「わかった。じゃあここは出てくれ。一旦閉めるからよ」

我々はそこを出た。カイジはその部屋に鍵をかけて、別の鍵をマキさんに渡し、小走りで薄暗い通路を駆けて行った。

手渡した鍵は多分、この通路への金属の扉のものだ。大きめの特徴のある形だったので覚えている。

このコントロールルームとやらは、マキさんよりもカイジという男に権限があるように思えたので、「彼は一体？」と歩きながら尋ねると、

「ああ……、カイジは元々コンピューターとか、その辺のことが詳しくてね。ここのシステムを全部任せてある。若いのにたいした子だよ」

「じゃあ、彼がマキさんの弟さんが作ったシステムを使って、ドローンで食料を？」

「ああ、あたしはちんぷんかんぷんだったけど、弟から受け取ったディスクと暗号機があってね。カイジはそれでシステムを作り上げたのさ。親を殺されて逃げてきたばかり

でね。不憫だったよ。でもまだ15歳だったカイジが地下のケーブルを通してネットワークに繋いでくれた。あの子自身もここで自分の居場所を見つけたのさ。ただ、その大本のデータやら、通信の暗号なんかが入ってる暗号機械そのものが無くなっちまった。あの機械はもう手に入らないし、機械があってもシステムは政府中枢と連携しないとならないからね……」

話を聞いてる内に通路の扉に着いた。扉は開いたままだった。僕らはそこを出て元いた通路に戻る。照明も明るく、遠くから音楽や人の気配を感じる。

扉は重かったので、僕が閉めた。そしてマキさんは鍵をかける。

言うべきか迷ったが、僕は話すことにした。

「マキさん……。さっきの、ものがいきなり消えてしまうということの現象、僕は夢の中で、ここことは違う世界で、見ているんです」

「なんだって」

マキさんは驚いた様子で立ち止まった。彼女が驚いた顔を見せるのは初めてかもしれない。

「それで？　あんたの夢の中の世界ではどんな風になってる？　多分、そことこの世界は通じているんだ。向こうで起きてることはこっちでも起こりうるし、こっちで起きることは向こうでも起こりうる」

「そっちの世界では、物、つまり物質よりも、人間の体にそれが起きるんです。体のあちこちが、すぱっと綺麗になくなるんです。痛みもなく……。一応、ウイルス性の病気ってことになっているけど、政府とか、科学者はそれが病気ではないとわかっている」

彼女は黙って聞いているので僕は続ける。

「やがて、全身が消えていく。それを〝死〟と呼ぶのかは正確にはわからないけど、死んだことになる。消えてしまうからその病気を『虚無』と呼んでいる。でも、僕はその病気を作り出した人間に会いました。彼が言うには破壊プログラムだと……」

「ふむ……」彼女は数秒間、天井を見上げて考え込んでから尋ねた。「どうしてそんなものを作ったんだい？」

「一万人委員会への、復讐、のようなものです。彼は現実世界、つまり、この世界で殺されたようです。自殺に見せかけて……。マキさんの弟さんも、同じ時期ですので、関連があるかもしれません」

兄だ、とは言わなかった。今はまだ言わない方がいいかもしれないと直感的に思った。いや、ただの恐れかもしれない。なにせ、兄が僕を使ってその破壊プログラムとやらを、Kyu-KyoKu の世界にばらまいたのだから。

「うん、確かに、弟は「他にも秘密を知る人間がいて、全員秘密裏に消された」と言っていた。そして自分もいつそうなるかって……。そしたらその矢先に交通事故で亡くなった」

なるほど、兄のような人たちが他にもいたのだ。

「それにしても、それが破壊神の正体なのかもしれないね……」

マキさんは落ち着いた声で言った。何かに覚悟を決めたような、今までにないトーンだった。

「でも、どうして仮想世界の出来事が、こちらの世界に影響するのでしょうか？」

僕は率直な疑問を尋ねてみる。

「それはあんたの中にいるシヴァが、この世界を観ているからさ」

「僕の中の？」

僕が尋ねた時に、「ばあちゃん！」と、男の人の声が聞こえた。

通路を見ると、先ほど門番のような仕事をしていた男が向こうから走ってくるのが見える。

「カイジから聞いた！　ミコは戻っていて、今ばあちゃんの部屋にいる！」

「そうかい。あの子はあの子でなんか感じ取ったんだろう。行くよ。部屋の前を塩で清めておきな。店にもしばらく静かにするように言うんだよ！」

マキさんは強い口調でそう言ってから、足早に通路を歩き始めた。

僕の中のシヴァ、という言葉の意味を尋ねられないまま、僕はマキさんの後に続いた。

門番の男は僕の顔を見ると、またあからさまに警戒的な表情をしたが、僕はそのままマキさんの後に続くしかなかった。

マキさんの部屋のドアは開かれていて、中にはミコという女性と、先程のカイジがいて、すぐに見知らぬ中年の男性が二人やってきた。一人は先ほど見かけた袈裟を纏った坊主だった。彼らがマキさんの言うイニシエーション、つまり、何らかの儀式を手伝う、ということなのだろうか？

「ばあちゃん。なんか、やばい……」

ミコが怯えたような表情で言う。さっきよりも、瞳の色が青く見えた。

「ビルが、消えたんだ。いくつか、途中からすっぽりと時空の間に抜け落ちたみたいに……」

僕は容易にその様子をイメージできた。

（虚無が、至る所で始まった……）

マキさんは口をつぐんだまま何も答えず、履いていたサンダルを乱暴に脱ぎ捨て、部屋に入るなり壁の奥にかかっていたカーキ色の布をめくった。さっきはそこをただの壁紙代わりの飾りのようなものだと思っていたが、壁の奥は埋め込み式の祭壇のようになっていた。

祭壇には燭台が左右にあり、線香を焚く香炉や、いくつかの仏像と、丸い鏡があった。神社風であり、仏教風であり、西洋風でもあり、インド的でもあった。

マキさんは蝋燭に火を付け、座って手を合わせた。僕は部屋の入り口からそれを黙って見ていた。中に入った他の数名も、全員静かにその様子を眺めている。

しばらくして、マキさんは小さな棚から白い石のようなものを取り出し、香炉に置いた。すぐに煙が出始めた。灰の中に火の付いた炭を置いてあったのだろう。

「これはフランキンセンスというお香さ。残りわずかな貴重なものだ。まだ世界がこんな風になる前に、イスラエルの神秘家から譲り受けた由緒あるものだ」

マキさんは煙の立ちこめる中で、そう説明し、それから祭壇に向かって手を合わせ何かぶつぶつと念仏のようなものを唱え始めた。

「いいかい。全員で祈るよ。あたしがもっと深い部分に行くために、今から全員で儀式を始める」

二人の男も中に入り、部屋の中に座る。僕はドアの前に立っていたが、

「あんたもお入り」

マキさんが後ろを向いたまま言う。どうやら僕に向かって言っているようだ。

「ばあちゃん、コイツが、必要なのか？」

カイジがマキさんに尋ねると、

「その子が鍵だ。あたしじゃなくて、この子が深いところへ行くかもしれない」

マキさんは背を向けたまま話す。

「とりあえず、あなたはここに座って」

ミコが中に入った僕に、マキさんのすぐ後ろの場所に座るように言う。僕は靴を脱いでそこに座った。

甘いような、まるで質感や形があるような香りが漂う。フランキンセンスという樹脂の香りなのだろう。

「あんたらも、あたしに合わせな。久々だけど忘れてないだろ？」

マキさんは祭壇の方を向いたままに指示を出すと、メンバーがうなずいたり、背筋を伸ばすのがわかった。儀式と言ったが、ここにいるメンバーは、どうやらこれから起きることに慣れているようだった。

マキさんが「あ〜」と、声を……、いや、音を出す。息の続く限り、不思議な音を発声する。

それは「あ」とか「う」とか、ただ母音を伸ばす音だ。初めは念仏とかお経でも唱えるのかと思ったが、どうやらそうではなさそうだ。

煙がどんどん立ちこめて、僕は目が痛くなり、咳き込みそうになる。みんなよく平気なものだ。

僕がその様子に戸惑っていると、おもむろに隣にいた見知らぬ男が低い声で唸り声を上げた。彼は顔に火傷の跡があり、手には木製の数珠を持っていた。

ダミ声のような唸り声が部屋に響き、次に誰かがチーンと、小さな鐘のようなものを鳴らした。

カイジという若い男は、ジャケットの中から、小さな金属片のようなものが板に括り付けられたものを取り出し、それを指で弾き出した。カリンバというアフリカンの小さな楽器だ。以前、どこかで見たことがある。

袈裟を纏ったお坊さんも、また奇妙な声を発した。不思議な声だった。低くもあり、高くもあるような、鼻声のような、どこかに抜けていくような……。

混沌、だった。彼らは全員目を閉じて、一心不乱に楽器を鳴らしたり、声を出し続けている。

フレンズの瞑想会でも、グループ瞑想でクリスタルボールが美しい調べを奏でたり、ヒーリングミュージックが瞑想誘導の音楽として使われることはある。カオルコもよくクリスタルボールを奏でる。僕はその音がとても好きだった。しかし今ここで起きているものは、そういう調和された音や、心地良い和音ではなく、不協和音とすら聞こえる不調和な音の渦だった。

しかし彼らは全員目を閉じてて、よく見ると一種の恍惚状態のような、心地良さそうな表情を浮かべ、顔に火傷のある男性は体がぐるぐると、座ったまま円を描くように揺れている。

フランキンセンスから立ち上り続ける、室内を白く染める甘い香りの煙。そして四方八方から無秩序に繰り出される、まるで調和のない音の中で戸惑っていると、ミコが耳元で「目を閉じて」と囁いた。

僕は怖かった。しかし、それが正解だとわかっていた。この香りも、音も、すべてが僕を解き放つための鍵だった。

(彼女は、導く人)

先ほどもそう思った。

そして僕は、導かれる。

19 ―― フータと風次

目覚める直前に、手の平から、何かがこぼれ落ちるような感じがした。握りしめたいのに、それはすり抜ける。その喪失感は、思考や五感の感覚を超えた部分で起きている。オレは誰かを求め、失うことを恐れている。

オレはそこではっきりと目を覚ます。車のシートに座っていた。そうだ、先ほど郊外の公園に着いて、車を停めていたんだ。眠る気はなかったのだが、ユナが隣で眠っていて……。

ユナがいない。しかし車の外を見るとユナはすぐ近くにいて、公園の緑を眺めているようだった。

求めていたものが、ここにあったと安心したような気もするし、まったく違うような気もする。もはや自分の感覚ですら、どこまで信じればいいのだろう？

ユナはオレに気づいてこちらを振り向く。

「起きた？　ぐっすり眠っていたから」

ユナはいつも通りののん気な笑顔で言う。

「どのくらい眠っていたんだろう。私もついさっき起きたところ」

「どうだろう？」

時計を見る。１時間ほど、というところか……。

「そうだ、フータが寝ている間に、バーチャル・ネットでさらにやばい動画が出てたよ」

「やばい動画？」

「うん、ソッコーで削除されたけどね。でもすぐに録画しといたんだ」

ユナはポケットから端末を出して、指で操作して立体ホログラフモニターをオレの前に出した。そして目を閉じて、頭の中で操作しているようだ。

「これこれ、行くよ？」

オレはすっぽりと立体の中に顔を入れる。すると３６０度の映像が見える。

どこかの大きな街の中心地。SHIBUYAエリアをSHINJUKU方面に行ったあたりだ。見覚えがある。

女性の悲鳴が聞こえた。撮影している人物のすぐ横にいるのだろう。後はどよめきや、大勢のざわめき。

「避難勧告が出てますよ！　早く自宅にもどってください！」

警官隊が大声で警告を述べている。時刻は今から3時間前の映像だと、ビルのモニターに表示されている時計でわかった。

「おい！　あれ見ろよ！」

人々が指差す方向に、「TOKYOツリータワー」がある。トーキョーで一番高い建物だ。しかし、上の右半分が丸ごとえぐられたようになくなっている。倒壊してもおかしくないアンバランスな状態だが、ビルは崩れ落ちることなく、すっぱりと一部分が切り取られているのだ。

そして、このカメラが捉えているその場で、隣にあるビルの上半分が突然消えた。光の粒子のようなものが弾け、まるで炭酸の泡が弾けるように、わずか2、3秒で消えたのだ。

そこでまた悲鳴や怒号が飛ぶ。警官隊ですら、その様子を茫然と見守り、避難誘導をすることを忘れているようだ。

映像はそこで終わる。

「観た？」

「ああ……。観た」

「あれって、KYOMUなのかな？　やばくない？」

なぜかユナは嬉しそうに言う。

「そうだよ。間違いないだろうな。てかなんでお前そんなに嬉しそうなんだよ?」

「え? 嬉しくなんてないよ～。でもさ、もう笑うしかないじゃん?」

そう言って笑うので、こっちまで釣られて思わず笑ってしまう。確かに、笑うしかない。そして、笑うと少し気が楽になる。

「すべてがKYOMUに包まれたら、オレたちはどうなると思う?」

そう尋ねながら、不思議とそれを怖がっていない自分がいる。今の映像を見ても、なるべくしてなったと、妙に落ち着いているのだ。

「うーん、わかんない。なんか、それでいいような気がするの。私っておかしい?」

「他の連中は? 映像の中では悲鳴とかあげてたけど? あれが普通の反応なら、お前はおかしいってことになるな」

「バーチャル・ネットでも、その辺はやっぱり二極化していてね……」

ユナはそう言いながらまた目を閉じる。すると端末から光が出て、オレの前の立体モニターが映し出される。

そこには様々な文字が表示される。バーチャル・ネットのチャットだ。

「見ての通り、すごい怖がっている人とか、この世界の終わりだって騒いでる人もいれば……」

「……本来の姿に変える……。……この世界がもともとおかしいんだ……。……雷神さんの言う通りだ。オレたちは大丈夫だ……」

オレはチャットの書き込みを口に出して読んでみる。

「なるほど。じゃあオレたちがおかしいってことはないか」

そう言ってから、公園の風景をざっと見回す。

「ここがすべて、人為的に作られた虚構の世界だとしても、それなりに楽しい思い出もある。いや、でもその思い出すら、作られて、与えられたもの。なあ、本当の自分って、なんだろうな?」

オレが尋ねると、ユナがオレの手を握った。

「この触れ合いも、偽物なのかな?」

オレはライジが自由に壁やベッドの感触を書き換えていたことを思い出した。

「ああ、そうなんだと思う。うまく言えないけど、そういうプログラムを、オレたちはホンモノだと錯覚しているだけなのかもしれない」

「かもしれない?」

ユナは青い瞳を真っ直ぐこちらに向けながら尋ねる。子供のような表情で。

「オレにも正直よくわからないさ。ここ数週間、オレの身に起きていることは、何やらすごい壮大な話のようだけど、オレ自身が一番よくわかっていないようなんだ」

「フータがわかんないんじゃ、私はもっとわからないよ」

ユナが手を強く握ってくすっと笑う。

ユナの手から、温もりが伝わる。ユナの手はいつも温かい。

「でもさ」彼女がオレの肩に寄りかかりながら言う。

「手が温かいじゃない？　こうやって寄りかかると、温もりがあるじゃない？　私たちはこの感触の奥で、感じてるものがあると思うんだよね」

「感触の奥で？」

「うん。だってさ、温かいのは、手だよね？　例えばフータと話してて、フータの顔を見ているのは私の目。声を聞いてるのは私の耳。でも、その感覚を通して、どこだろう、この辺かな……」

そう言ってユナはオレと手を繋いでない方の手を、胸の辺りに置いた。ユナの青い目はいつもよりも透明感が増して見えた。

確かに、感覚の奥で、オレは何かを感じている。

「うまく言えないけど、この辺りがさ、あったかくなるっていうか、安心したり、不思議な気持ちになる。もちろん、反対に、ひんやりしたり、きゅっって小さくなったりもする。それって頭でやってるんじゃなくて、もちろん心臓とか肋骨でもなくて、肉体ではない、どこかそういう領域の場所があって……」

途中から、ユナの口調が変わっていくのを感じたが、オレは何も言わずに聞いていた。

彼女は話を続ける。

「この世界のすべては、その奥から生まれてきたものなの。私たちは作られた世界で、自分の記憶とか、思い込みとか、信念や想念を使って、この世界を生きている。KYOMUは、私たちの存在を消し去るのではなくて、私たちのそんな思考とか、仕掛けられた虚構とかを消し去るの」

「オレたちの思考や虚構が消えたら、オレたちはどうなる？」

ユナではない誰かに向けて、オレは問いかける。

「私の目を見て」

そう言ったので、オレはゆっくりと視線を上げて、ユナの青い目を見つめる。

一瞬で、画面が切り替わるように、違う映像が見えた。

＊

「どうだい？　何か見えるかい？」

マキさんが僕の目の前にいるミコに尋ねている。

「うん。今、二人が重なっているのが見える。私自身も」

ミコは僕の目を覗きこんでいる。

「間違いない。シヴァだ。この子の内側にあったんだね。なかなか気づけなかった。さあ、あたしができるのはここまでだ。今、あの世との入り口を開くように神々にお願いしている。あとはミコ、あんたが読み解きな。あたしはまだ声を出して、場を震わせ続けるから。特定の周波数を発生させ続け、この子の中のシヴァを覚醒させる」

「うん、ばあちゃん。やってみる」

「オレは今、どこにいる？」

僕が尋ねる。

いや、オレが尋ねた？

映像が重なり合い、数秒おきにランダムに切り替わり、オレは風次になり、どこかの薄暗くて煙たい部屋で、マキさんというばあさんの孫だか親類だかの女と向き合っていて、周りでは奇妙な連中が、目を閉じて奇妙な唸り声を上げている。

しかし画像が切り替わるとフータとして、公園で西日のさしかかる芝生と森林を背景に、ユナを見つめている。

(この女が、ユナのオリジナルってことか?)

オレがそんなことを考えていると、ユナがオレに尋問するような口調で言う。おっとりしたユナとは大違いだ。

「まず、どうしてKYOMUが仕掛けられたのか?　あなたの知ってることを話して」

「ライジだよ」

考える前に、オレは答えていた。自分の意志ではなく、勝手に自白しているような感覚があった。

「ライジ?……」

ミコは考え込む、そして映像が切り替わる。

「え?　雷神さんのこと?　フータ、知ってるの?」

急にいつものゆったりしたユナに戻る。

「ライジは、僕の兄なんです。9年前に、一万人委員会の計画に気づいて、殺されました」

今度は、オレは風次になっていた。映像がチグハグだ。

「9年前に死んだのに、どうして会えたの?」

ユナの口調だが、見た目だけがミコに変わる。ミコは切れ長の鋭い目つきをしているが、目の光はユナと同じく、青みがかった優しい色をしている。

「バーチャルの世界で、意識だけデータ化して、その世界で生きているんだ」

〝オレ〟と〝僕〟は、間を行ったり来たりしながら話す。

「そこはKyu-KyoKuの、試作段階に作られたデータのようです。弟の僕にこの世界を破壊するプログラムを仕込んで、僕が意識をデータ化し、Kyu-KyoKuに実際にアバターとなって入ったことで、このプログラムはゆっくりと進行していった」

「でもその影響が、こちらの世界にまで入ってきたのはなぜ？　コントロールルームで異変が起きているって……」

「それはわかりません」

僕が答えると、

「いや、あんたは知ってるよ」

祭壇を向いたまま、マキさんが言った。

「あんたは何か重要なものを見落としているんだ」

「はあ？　一体何を？　あんたにオレの何がわかるんだよ？」

オレはババアに向かっていったが、口にしたのは風次の方で、言ってから嫌な気持ちになった。二人の分の人格や思考が重なり合って、オレはバラバラになりそうだ。

「フータ、何か見落としてるんじゃない？　ばあちゃんは適当なことは言わないよ」

ユナも、ミコとごちゃまぜになっている。

「一体何を見落としているんだ？　オレは本当に何もわからないんだ。いや、そもそもわからないことだらけだ。オレは巻き込まれているようなもんだ！」

そうだ。ライジがオレに破壊プログラムなんてものを仕掛けたから、オレがアイツの弟だから、世界が作り物だから、オレは訳もわからずにこんなところにいるんだ。しかし……。

「この世界だって悪くはなかった。そうだろ？　どうせそっちにいてもみんな死んでしまうんだろ？　嘘だらけの作り物の世界？　それがなんだっていうんだ？　お前らの世界と何が違うっていうんだ？」

オレは支離滅裂になりながら怒鳴り散らした。

「落ち着きな。今、この場は限りなくあの世に近い。そしてあんたはとても不安定な状態だ。あまり感情を動かさない方がいい。戻ってこられなくなるよ！」

マキさんが叱るように言うが、

「うるせぇ！　オレに指図するんじゃねえよババア！」

オレはそう言い返した。とにかく無性に腹が立って仕方ない。

Kyu-KyoKuの計画、純粋な気持ちを利用して、それを踏み躙ろうとしているフレンズの実態……。カオルコとの別れ、彼女のこれから。一万人委員会……、僕の知らないうちに仕組まれたKYOMUという破壊プログラム……。

腹の底で、煮えたぎったマグマが蠢くような不快感を覚えた。それは熱くもあり、猛烈に冷たくもあった。しかし、どちらにしろ僕の内側を焼き焦がした。

どうして今まで腹を立てなかったのだろう？　と、怒りながら思った。僕はもっと怒っていいはずだった。怒るための正当な理由があるはずなのだ。この怒りは人として真っ当な怒りであり、正当性があると思えた。

そう思うと、腹にあった熱が背骨を伝い、首筋から後頭部にかけて駆け上がり、猛烈な悪寒と熱気を同時に感じた。

そして気が遠くなり、目眩に似たようなフラつきを覚えた。しかしそれと同時に、僕はさらに感情とか思考とかが、これまでの数十倍にも膨らんだかのような、激しい衝動に駆られ、

「………！」

動物のように吠え叫んでいた。

声を出そうと思ったわけではなかったし、体から出るその声は自分の声には聞こえなかった。そもそも風次の声なのか、フータの声なのかもわからない。とにかく、声を発していた。

それはやり場のない怒りだった。矛先をどこに向けていいのかわからず、僕は叫び、そして暴れた。手足が狭い部屋で色んなものにぶつかったが、何にぶつかったのかわからなかった。周りで男たちが僕を取り押さえた。しかし、それでも僕は猛り狂った獣のように吠えて暴れた。

こんな風に感情を激しく荒らげて、それを吐き出すことを僕は今までの人生で一度もしてこなかったような気がする。いつも自分の気持ちを抑えていたのだ。誰かのために、周りのために。仕方ない……。そういうものだと、いつも諦めていた。いつしかこのような激しい感情が自分の中にあることとすら忘れていた。

しかし今、怒りと、悲しみ、憎しみと、絶望感……。様々な感情が飛来してはゴロゴロとした感触を伴って、体や頭の中を暴れ回っている。それは僕の全身に強い不快感をもたらす。もはや自分が何に対して叫んでいるのかもわからない。

(全部消えてしまえばいい)

数人の男たちに体を押さえ込まれながら強く思う。

破壊プログラム？

シヴァ？

どうでもいい。ただすべて消えてしまえと、僕はただそれだけを思う。

（全部、消してやる！）

オレは思う。トーキョー・シティ、Kyu-KyoKu、現実、ジャンク街、一万人委員会、全部全部、すべて虚無の中に消えてしまえばいいのだ！

叫びとも唸りともわからない奇声を上げながら、怒りを込めて騒ぎ続けていたはずが、ふと周りがシンと静まりかえっている事にオレは気がついた。

20 ―― 虚数の世界と時の番人

静かだった……。

物音ひとつない。気配もない。一切のすべてが止まっている。そんな感覚だった。静けさが聞こえるようだった。こんな完璧な静けさに出会ったことはなかった。

自分以外の全てが、完全な静寂として存在していた。たとえるなら波紋ひとつ立たない広大な湖のように……。

「今あんたは、時空の隙間の中にいる」

マキさんの声が聞こえた。

オレはゆっくりと顔を上げて目を開く。しかし、目を開いたが、景色がおかしい。

うずくまっていた体も起こすが、そこにはミコも、ユナも、マキさんもいない。ここはさっきまで見ていた狭く煙った部屋でもないし、公園でもない。何もない空間に、さまざまな「色」だけがある。絵具がごちゃまぜになったような、ドロドロしたものが、遠近感なく、自分の周囲を覆っている。

「こ、これは……」

オレは空間に手を伸ばした。空間は質感があり、オレが触るとぐにゃりと動き、それに合わせて全体の気味の悪い模様が引っ張られて動いた。

「ここは時空の歪み。空間はないんだよ。なぜなら距離がないからね。距離がないってことは、時間は発生できないんだ」

マキさんの姿は初めは見えなかった。しかし目を凝らすと、ぐちゃぐちゃの色彩の世界の中に、最初からそこにずっといたように姿を現した。

「あんたは自分の意識をこっちとあっちに行ったり来たりさせているうちに、本来は来てはいけないところに来てしまったんだよ」

「本来来てはいけないところ？」

地面があるのかわからないが、オレはただ立っている。体は絵具をぶちまけたような空間に浮かんでいた。

「まあいい。あんたにはまだわからないさ。とにかく、ここは世界が発生する〝以前〟の場所さ」

「以前の場所？　この絵具を何百種類も混ぜ合わせたような空間が？」

マキさんは目の前にいるようで、実際はどれくらいの距離感なのかはまるで掴めない。立体のようにも見えるし、平面的な2Dの画像にも見える。そのせいなのか、周りの色彩のせいなのか、見ているだけで目眩がしてくる。

「絵具？　ふーん、あんたにはそんな風に見えるのかい？」

「ばあさん……、いや、マキさんには、どんな風に見えるんだ？　そもそもどこにいるんだ？」

「マキさん？　へぇ、あんたの中で、マキさんのイメージがぴったりだったんだね」

笑いながらマキさんは意味不明なことを言う。

「どういうことだ？」

「あたしはあんたの知ってるマキさんとやらではないよ。人間って面白くてね。自分の理解できないものは、どう足掻いたって理解できないんだ」

オレは目の前のマキさんの話を聞いている。どう考えてもマキさんなのだが……。

「意識ってやつは何でも自分の知ってる枠に収めようとするんだ。自分の知らないものが出てきたら、それを無理矢理自分の知ってる知識や情報の中で近いものを選択して当てはめる。無意識のうちにそういうことをやっているんだよ。そうやって自分は知ってると、納得させるんだ」

「なんで、そんなことをするんだ？」

「なんでかって？　人間は自分の知らないものが怖いのさ。未知なるものが不安なのさ。だから知ってるものとして処理しているんだ。例えばあんたの生活の中で考えればわかるよ」

マキさんは、マキさんらしい口調で話し続けるが、この声の主はマキさんではないというのか？

「そうだね……。あんたの部屋とか、車とか、なんでもいいよ」

そう言った瞬間、自分の部屋と、車の中が詳細にイメージできた。

それは空間としてあるわけではなく、かといって記憶を思い出してるわけではない。自分がどこか別の場所から部屋と車の中を同時に見ている感じだ。しかも、鮮明に。驚くほど鮮明に隅々まで見て取れる。普段、こんな風に詳細にすべてを把握し切れない。

しかもその映像は360度フルに見渡せる。部屋の中も車の中も、空間すべてを把握できる。

「そこに、あんたの知らないものはあるかい？　知らないものはあるかい？」

「知らないもの？」オレは部屋の中や車を見渡す。

しばらく、じっと考えみると、確かにそこに自分の知らないものがない、ということに気づく。もちろんその正式な商品名はわからなくても、その機器の構造はわからなくても、プラスチックとか、ビニール製品とか、ガラスとか、材質はわかる。

「人間はね、何度も言うけど自分の知ってるものしか認識することができないんだ。つまり、もし本当は目の前に〝それ〟があったとしても、あんたが知らなければ、あんたはそれが目の前にあるにもかかわらず、あんたはそれを見ることはできないし、触れることも、まして理解することもできないのさ」

「そんな、バカな……」

ありえない。わからないものは、認識できない？

「バカはあんたさ。それこそがバカの証拠さ。自分の頭で理解できないことを『ない』と決めつける浅はかな思考がね」

ありえない、と決めつけるのが、そもそもわかっていない、ということか。

「じゃあ、本当はこの絵具のぶちまけたような景色とか空間とか、マキさんの声は、本当はまったく違うものなのに、オレがそれを知らないから、自分の知ってる形に置き換えている、ということか？」

自分で喋っていて、なんだかよくできた洞察だと思った。自分が自分でないみたいだ。

「そうだよ。やればできるじゃないか」

「じゃあ、本当の姿は、一体どうなっているんだ？　ここの姿や、あんたの姿は？　そもそも、みんなどこへ行った？」

マキさんは何も答えない。それには答える筋合いがないのか、もしくは一度にあれこれ尋ねすぎて答えられないのか。だからオレは質問を変えた。

「ここはどこなんだ？　時空の歪みってどういうことだ？」

「あんたの住む世界の青写真さ。別の言い方をすると〝プログラム〟だと思っていいよ。プログラムの海さ。まだ物質化されていないどころか、意識化もしていない」

「オレの住む世界……」

そう聞いて真っ先にオレは二つの世界を生きていることを思い出す。「Kyu-KyoKu」と、風次の生きるリアルワールド。

「どっちも同じだよ」

オレは何も言っていないが、マキさんは答えた。

「この宇宙はそういう風にできてる。すべてはエネルギーの組み合わせなのさ。今、この瞬間に、すべてが存在している。過去も未来も、嘘もリアルもないのさ」

「リアルの世界も、Kyu-KyoKuのようなバーチャルのデータだということか？」

「そうさ。すべてはこの広大な宇宙の中にぷかぷか浮かぶ泡の一つのようなものさ」

ここはプログラム言語の中、ということか？

オレはコンピューターが立ち上がる前の複雑なプログラムのことをイメージする。これは風次の思考だ。

「ここがプログラムの源として、あんたは誰なんだ？」

「あたしゃ『時の番人』だよ。昔から、時々こうしてここに迷い込んでくる連中がいるんだよ。そういう時はきちんといるべき場所に帰るように導くのさ」

「どうしてオレはここに？」

オレは矢継ぎ早に質問するが、マキさん、らしき人物は面倒くさがらずに答える。

「あんたがここに来た理由？　それはあんたがちょくちょくここを通過してたからさ。Kyu-KyoKuに移行する時も、肉体を離れ死を迎える時も、人はみんなここを通過するんだよ。ところがあんたはどうだい！　しょっちゅうここを行ったり来たり……」

「ここを、通っている？」

まったく見覚えもないし、身に覚えもない。

「当たり前さ。あんた達の意識とか思考とかでは判断できない世界だからね。言っただろ？　人は知らないものを知ることはできないって。普通は素通りしたくらいじゃ全部忘れてしまうよ」

「じゃあ、なんで今オレはここで、時の番人のあんたと話をしているんだ？」

「あまりに行ったり来たりの頻度が多くて、ちょうどここの周波数と同調しちゃったんだろうよ。色んな条件が重なったんだろうけど、あんたは物質世界の位相の〝場〟のような空間で、思考を飛ばしただろ？」

「思考を飛ばす？」

「そうだね、別の言い方をすると、そういう〝場〟で、強烈に感情的になったりしなかったかい？」

急に色んな記憶が蘇る。オレは〝僕〟になる。

「そうだ、〝僕〟はさっき、わけもわからず、夢中で叫んだんだ……」

僕は怒った。激しく、怒りを感じた。多分〝場〟というのは、マキさんのやったあの儀式なのだろう。確かにあの空間は現実離れしていた……。そう、つまり彼女に導かれたのだ。

僕の怒りの発端は、理不尽で不可解な世界に対してだった。今まで生きてきて、いつも諦めたり、自分のことを後回しにして人を優先にすることが多かった。でも、本当は自分の感情があったのだ。そのすべてが一気に腹の中から湧き上がったような感覚だった。

「普段からお前は感情を抑え込みすぎなんだよ」

突然、ぐちゃぐちゃの背景の中に、兄が現れた。マキさんはいなくなり、兄の雷太、いや、ライジが目の前で喋っている。

「子供の頃から、いつも両親とか、周りの人間に気を使い過ぎて、自分の感情に蓋をするのが慣れちまって、麻痺してたんだ」

兄の体は、僕の手の届くくらいの、すぐ目の前にあるようにも感じるし、もっと十数メートル向こうにいるようにも感じる。

「どうして、兄ちゃんがここに？」

僕が尋ねると、

「は？　どうして？」

と、兄らしく答えた。これもまた、僕が自分の知ってる人に勝手に当てはめたということだろうか？

「俺はここではもはや誰でもない。俺は時の番人でもある」

「じゃあ、Kyu-KyoKuのバグの中にいるのは？」

「あれは俺が置いてきたただのプログラムだよ。もちろん、俺と繋がってるけど、あっちはあっちで勝手にやってるし、そもそも〝お前が見ている俺〟なんだわ」

「僕が見ている？」

「そう。俺はいる。確かにこの宇宙に存在する。意思がある。しかし、お前はお前で、宇宙に浮かぶ泡のような世界を創り、その中で出会う全てとどんな風に関わるか、お前が毎瞬に選択しているんだ」

どういうことだろう？　僕が考えていると、頭の中にイメージがすっと入り込んできた。

「言葉じゃ伝わらないよな。自分の体験にしないと意味がないんだ。情報ってのは、言語で伝えられるものなんて1％もない。感じろ。もっと深い部分で感知しろ。沈黙は金だ。静寂を聞け」

（感じる？　静寂）

僕は言われた通りに、目を閉じて耳を澄ませる。そうだ、僕はこの頃、妙な感覚や勘が冴えている。

「そうそう。その感じだ。お前が普段から瞑想をしたり、体操をしてしっかり肉体を感じているからそれが磨かれた。ただ、ここではそっちの世界の思考や感情の使い方とは違う。コツをつかむまでは練習が必要だ」

兄はそう言ったが、僕はあっという間に深い瞑想状態とも違う、広大な意識が広がっていった。それはまるで自分の輪郭が喪失し、かつ自分自身が拡大し、宇宙に溶けていくような体験だった。

「ちなみにさっきも言ったが、まだここはお前の来る場所じゃないんだ。もう少し違った形で導くつもりだったんだけど、お前がいきなりここに来ちまった。でも、そろそろ帰ってもらう。長時間いるとプログラムとはいえ、向こうの肉体に戻れなくなるからな」

プログラム……、という言葉で、僕は一瞬でフータのいた世界を垣間見た。そして同時に、今まで僕が過ごしていた世界を見てる。

いや、そうじゃない。二つどころの世界ではない。そこにはいろんなフータがいて、いろんな僕がいた。無数のフータと僕がいる。

僕とフータは、同じ存在だった。無数に存在する僕らと、その僕らの住む世界は、すべて〝同時〟に存在していることが理解できた。それら一つ一つが宇宙であり、それは確かに泡のようであり、泡の浮かぶ広大な水槽を眺めているような感覚だった。

時間という概念の外側から、僕は今世界を見ている。

（違う思考の使い方とはこういう事か……）

この宇宙には、ありとあらゆる世界が、同時に存在している。たとえるなら、常にインターネットやらテレビやらで、様々な番組やサイトが存在しているようなものだ。でも僕らは普段、たったひとつのチャンネルしか見ることができない。それが地球でのルールなのかもしれない。実際はあらゆるチャンネルにその映像が流れているにもかかわらず、思考はその中のたった一つだけを選択して観察するしかない。

しかし今僕は、複数のチャンネルを同時に見ている……。僕の意識は今、無数にある……。

僕はその真理の姿に驚いたのか、広大に広がっていた自分が、小さく切り取られるような感覚があった。

そして、また絵具をごちゃ混ぜにしたような世界を見て、兄が目の前にいる。

「今のは、……並行世界……？」

僕は今体験したことを考えて、そう呟く。

マルチバース、並行世界。永遠に交わらないパラレルワールド……。そういう話を聞いたことがある。ＳＦ小説やアニメ、スピリチュアルの一部の世界で語られている。宇宙には、無数の次元があって、無数の自分が存在すると。しかし決して交わることがないと。

「へえ、短い時間でよく見えたな。お前にしちゃ上出来だ」

兄はあいからず高飛車な口調で言う。

「その通り。世界は同時に存在している。今この瞬間に、すべてがある。三次元では一つの場所にしか視点を置けない。

ただ、お前が今見たものはすべて〝可能性〟だ。すでに存在しているが、お前という個人が体験する可能性にすぎない。だからお前がこの宇宙の仕組みを知ったところで、そんなことどっちでもいいんだ。大事なのはお前のハートだよ」

そう言って兄は僕の胸のあたりに指を向ける。

「お前はこれから選択しないとならない。お前に仕込んだプログラムは、多くのマルチバースの世界で、もうじきすべてを虚無に飲み込む」

僕が何か言おうとしたら、彼は胸に向けていた指を上げて、いつものように僕の顔を指した。黙れ、と言ってるのだ。

「いいか？　お前はお前の世界を生きろ。お前には選択ができる。しかし、そこにはお前の意思が必要だ。お前は自分で明確に意思を示し、決断するんだ」

21　破壊プログラムと僕の望み

「僕が、選択？」

「ああ。お前はどうしたい？　何がしたいんだ？　お前の望みはなんだ？」

僕の、望み……。

「そうだ。お前は俺と違って、あまり多くを望まなかった。お前はいいやつだからな……」

兄はそこで言葉を区切り、ふっと優しい表情を見せた。

「だから苦手だと思う。お前は自分で選択をして来なかったのに、今から人生を選べなんて言われてもな」

「いや、僕だって……」

と言い返そうとすると、また顔に向けて指を差される。距離感のない空間なのに、指だけが飛び出て目に突き刺さりそうだと思った。

「言い訳はいいからよく考えろ。お前は人生に何を望む？　それは職業を何にするとか、どこに住むとか、何を食うとか、そんな行き当たりばったりのことじゃなくて、お前の魂が本気で望むことだ。今お前が垣間見たように、すでにあらゆる可能性は存在している。大事なのは、お前がどんな世界を望み、観察するかだ」

何を望む？

「僕が、望んだ世界を、生きることができるっていうのか？」

そう尋ねたが、兄は何も答えなかった。しかしそれはＹＥＳ、という意味なのだと思った。いや、そう感じた。

ただ改めてそんなことを言われると、確かに僕はそんなことを考えたことがなかったかもしれない。

いや、本当は子供の頃は、憧れるものや、なりたいものがあったような気がする。理想の自分や、理想の生活を描いていたような気がする。しかし世界は混乱状態になり、僕ら家族は生きるために必死だったし、父と兄が死んでからは、僕が母のことも考えて、収入を得る必要があったし……。

「それはお前が選んだことじゃない」兄は言い放つ。

「そうやって自分の望みじゃない人生を送ることもちろんできる。いや、ほとんどの人間が自分の本当の望みを失い、親とか世間とかから与えられた価値観を自分の望みだと思って、そうやって可能性を萎縮させているんだ」

確かに。僕は周りの価値観に振り回されて生きてきた気がする……。

「もちろんこんな時代だ。本当の望みを生きたとしても、上手くいかないこともたくさんある。しかしこれは望みが叶うとか叶わないとか、そういう結果論じゃない。どう生きたかなんだ。とにかく、お前は今、何を望むのか？　どう生きるのか？　何を大切にして生きるのか？」

矢継ぎ早に兄は僕に鋭く問いかける。

僕は、本当は、何をしたいのか？

そもそも僕は、どうしてここにいるのだ？　そうだ、マキさんの部屋で、不思議な儀式のようなものが始まって……。その前には、地下の奥深くのコントロールルームとやらで、ものが消える「KYOMU」が起きていた……。

「あんたは大切なことを見落としてる」

頭の中でマキさんの声が聞こえた。思い出したのではなく、はっきりと耳元で聞こえた。そして気づくと兄の姿は再び消えていた。

相変わらず、目の前はあらゆる色をぶちまけて混ぜ合わせたような奇妙な景色だ。

（大切なこと？）

僕はすぐに思い浮かんだ。

それは「カオルコ」だった。

ジャンク街の地下に来る前、僕は留置場にいた。

頭の中に詳細にその時の記憶が、立体的な映像と音声と共に浮かんだ。

カオルコは心配そうな顔で僕を見つめている。記憶は恐ろしく鮮明だ。彼女の服の皺の数や、留置所の壁のシミまではっきりと覚えている。どうやら、本来はこれくらいの記憶力が人間にはあるのだろう。しかし、認識しているものは、その一部でしかないのだ。

（カオルコ。そうだ、理由などいらない。僕は彼女に会いたい。いや、会いたいというより、彼女の幸せを望んでいる）

胸のあたりが、温かくなって〝開かれた〟ような感覚があった。実際、自分の体は変わってないけど、明らかに、肋骨とか、心臓とか、背骨とか、肺とか、全部が大きくなった感覚があった。

そう感じたあとに、

（カオルコは、やはりKyu-KyoKuにはいないのだろうか？）

と疑問を思うが、先ほどの様子だと、あらゆるマルチバースの世界があったから、彼女がフレンズに入らず、Kyu-KyoKuに行く世界もあるのだろうと思った。しかし、その未来を僕は想像はできない。今僕が思うのは、

（彼女に、幸せに生きてほしい）

ということだけだ。冷凍保存されてKyu-KyoKuで別人格のアバターを作られて意識を送り込まれるのも、彼女の純真な心を踏み躙るように、フレンズの入植メンバーとして奴隷にされるのも、彼女の幸福とは思えない。

「それがお前の望みか？」

再び兄が現れてそう尋ねる。さっきよりも兄の姿は透明感があり、後ろの背景が透けて見える。

「そう。彼女に、幸福に生きてほしい」

僕ははっきりと答える。

「どんな幸せだ？　お前にとって、何がその女の幸福なんだ？」

兄は僕に尋ねる。

「それは……」

うまく答えられなかった。

「考えろ。今考えられないのなら、その世界は存在しない。今お前がイメージすることが、お前が体験する世界へのプログラミングになる。プログラミングは、漠然とではなく、詳細なほどいい」

「僕が、プログラミングをする？」

「そう。ここは実相世界とは反対の虚数の中だ。潜象世界とかマイナスの宇宙とも呼ばれる。しかし、この潜象の世界の虚数こそが実数であり、お前たちが現実と呼ぶ世界こそがプログラムに映し出された仮想世界だ」

兄の言葉には言葉以上の響きがあり、なんとなくその意味が掴めた。物質があって、そこに感覚や関係性とかがあるわけではなく、先にプログラミングがあり、それが物質になり、関係性になる。

とにかく、僕は今すぐプログラミングのためにイメージをしなければならないのだと理解はできた。

僕は彼女の幸せをイメージする。しかし、草木に囲まれて笑っているところとか、太陽の下で健康的に輝いている姿は想像できるが、すべて漠然としている。しかもそれはただの記憶に過ぎないということも自分で理解している。

「でも、僕の想像力が、プログラミングになるって、そんなことができるのか?」

率直な疑問だ。

(お前は人格を保ったままこの世界にやって来た)

兄の姿はカラフルな背景に溶けていくように消えて、声だけが頭の中に直接聞こえる。

(本来ならば意識レベルがある段階に達したものだけが許される世界だ。しかし、多くの助けを得て、お前はここにいる)

多くの、助け……。

僕の考えに応えるように、イメージが脳裏に映し出される。マキさんがやっていた儀式のようなものが、僕をここに導いた。それ以前に、兄が僕に変性意識と呼ばれる、深い意識レベルに入りやすいように、フータを通して僕に信号を送り続けていたこともわかった。僕の感覚が冴えていたのも、兄の計らいだったのだ……。

(今、ここでイメージして望むことはそのままプログラムとして書き込まれる。ここはすべてがある場所だ)

声に付随するイメージと共に、その意味が伝わる。僕自身がここで自分の世界のプログラマーになる。自分自身が人生の続きを書き込める。まるでシナリオを作るように……。

「それをやったら、……今の僕はどうなるんだろう?」

僕は、ここで未来を創り上げてしまったら、自分が消えてしまうような恐怖を感じた。

なぜならここは通常の世界とは違う世界であり、世界のすべての起因の場所。

それを理解した上で、僕はどんな風に普通の世界で生きていくのだろう？

しかし、思わぬ返事が来た。

(僕とは誰だ？)

「僕？」

思いもよらぬ質問に戸惑いつつ、「僕は、僕だ」と答える。

(お前がお前自身と思っている人格や個人も、すべてがプログラムだ。すべてがこのマイナスの虚数としてプログラムされる)

「ということは、僕という人格や記憶も、すべて思いのまま？」

兄がプログラム言語一つで、フータが触る壁の感触やベッドの質感を思いのままに変えたことを思い出した。

しかし僕はそれを思い出した拍子に、オレに、つまり〝フータ〟の思考になっていた。

オレはふと、フータとして、住み慣れたトーキョーで、このままの世界が続くことを考えた。KYOMUの症状がすべておさまり、これまで通り、街で遊んだり、買い物をしたり、公園の芝生で寝転んだり。

それも、悪くはない。たとえそれが、誰かに意図的に作られた世界であったとしてもだ。

（それがお前の望みか？）

声が言った。その声はもはやライジでもマキさんでもなかった。時の番人の意志なのだろう。

「いや、別にそれを望んでいるわけではない。ちょっと考えてみただけさ」

オレはその意志に向かって言う。

（すでにその仮想世界の世界には破壊プログラムが強く作用している。お前はお前ではなくなるだろう）

「オイオイ、なんでも自由に書き込めるんじゃないのかよ？」

（破壊されるプログラムだ。Kyu-KyoKuはすでに「KYOMU」に包まれるというシナリオで完結している。お前がその世界を望めば、また新しいKyu-KyoKuが生まれるが、やがてまた虚無になり滅ぶだろう）

「じゃあ、オレはどっち道、世界からいなくなるってことか？　あの街も、ユナも」

（いや、お前の存在はいなくはならない。お前のパーソナルはもっと全体性となることが可能だ。お前の魂は不滅だ）

「魂？　だってオレはKyu-KyoKuの人工知能が作り上げたプログラムなんだろ？」

（同じことだ。お前という存在は、どんな世界にしろ、生まれた理由もいなくなる理由も関係なく、永遠に存在している。世界は人間が作ったわけではない。ここで我々が創っている。それを一部の人間が人間のシステム内でのプログラムで創ったなどと思い込んでいるだけだ）

「じゃあ、オレと風次は？　一体どういう関係なんだ？」

（風次とお前の魂は同じだ。たとえるなら一本の木の幹から発生した別々の枝のようなものだ。枝としての個性や、空間座標も、成長する時間も違う。だから別の世界で生きて、個々のパーソナルを持っている。本人は目の前の花や果実を実のらすことで精一杯なので気づけないが、本来同じ一本の木である。ただし元が同じだから、どんな距離があっても共鳴はし合うのだ。もちろん本来なら交わることのない時間の上なのだが、今回は特別だ）

普段の頭なら理解できないが、その意志は言葉と同時にイメージを常に送り込んでくるから、オレはなんとなくそれを理解できた。

オレは風次から生まれたように思っていたけど、もともと、同じ場所から来た、同じ魂であり、ただ〝別の体験〟をしているだけだった。前世、と呼ばれる存在と今世の人間との関係とそっくりだった。ただ通常は〝時間〟があるのでそれは関わることはないが、オレと風次は、ライジやマキさんの導きなのか、特別な時間を共有している。

「なるほどな。わかったよ……。いや、納得できないオレと、すべてを納得しているオレがいるよ。不思議だけどな」

その感想に対して、声は何も答えなかった。

「だったら、カオルコを一万人委員会とやらから助けるにはどうしたらいい？　このまましゃその女は奴らに好き勝手にされちまうんだろ？」

カオルコのことを考えると、意識がまたオレから〝僕〟に有利になる。しかし、オレもまたよく知っている。ずっと、カオルコを心のどこかで感じていたのだ。

僕は言う。

「なぜなら僕の一番の望みは、彼女の幸せだから」

フータではなく、風次として見落としていた、というのはカオルコのことだった。僕の望みは、僕自身のことじゃない。彼女の幸福だ。

「オーケー」

突然またハッキリとした兄の声が聞こえた。一瞬、絵具をぶちまけたような空間が、さまざまな雪の結晶や、美しい幾何学模様で溢れかえり、その中から兄の姿が現れた。夢から醒める直前に、今の風景を見たことがある。この幾何学模様は、この世界のプログラム言語だったのだ。

「いいか風次。クサイこと言うけどよ。プログラミングってのは可能性なんだよ。さっきも見ただろ？　あらゆる可能性がすでに今ここにある。そして、その可能性って『愛』なんだよ」

兄の口から〝愛〟なんていう、思ってもない言葉が出て僕は驚いたが、兄は続ける。

「この宇宙はな、この世界はそもそもたった一つの『愛』でできているんだ。だからお前の選択は、とても高い周波数の、人間が選べる愛の中では最良のものだ。なんせ自分ではなく『他者の幸せを願う』という選択だ。もしもお前が、エゴイズムな願望をここに放とうとしたら、お前自身が虚無に飲まれたかもしれない。なんせ、そのエゴの根底には欠損と喪失への〝恐れ〟の意識が含まれているからな。この無限の宇宙に対しての、不足感という恐れ。その意識の波動はそのままお前にブーメランになって戻ってくる。しかし、お前は今愛を選択した」

兄の口から何度も愛というワードが出て、照れ臭いような気持ちになる。

「自分では、よくわからないよ。ただ、彼女のことを思っただけだから」

「お前はここでイメージした愛を解き放つんだ。それが世界を作る。そして、その可能性を体験する。それはそっちの世界では昔から『祈り』とも呼ばれる。実はこの世界は祈りでできてる。祈りとはプログラミングなんだ」

「祈り？」

愛という言葉も驚いたが、兄の口からまたも違和感のあるキーワードが飛び出た。

「祈りが、この世界の青写真を作ってるのか？」

「そうだ」兄は穏やかに答える。

「今まで、お前が見ていた世界のすべては、祈りの結果なんだ。どんな物質も、元は誰かの思考の中にある祈りだった。それが形になったんだ。手で創ったように見えるけど、その前に祈りがあったから生まれたものなんだ」

なるほど、確かに椅子だって食器だって、電車だってハンバーガーだって、それが生まれる前は誰かのイメージとして生まれ、それを作ろうとする意思で生み出された。その意思こそが祈りであり、プログラミングなのか……。

「まあ、人間たちの集合的無意識ってやつに一万人委員会は働きかけて、人々の意識を低いレベルに保ち続けた結果、しょうもない世界を体験する羽目になったけどな」

兄は笑いながら言う。

「やつらはこの仕組みにいち早く気づいていた。だから大衆にこの力を使わせないために、脳を不活性化させる低俗な情報ばかりを垂れ流し、大衆を常に対立させ、低い周波数領域の意識体へ誘導し、精神の目醒めを妨げた。そして祈りの力を独占し、奴らだけが利益を得る世界を作った。それが俺たちが住んでいた世界だった。

しかし、奴らはミスを犯した。それはKyu-KyoKuを作ったことだ。Kyu-KyoKuを奴らは科学テクノロジーで作ったと思っているが実はそうじゃない。俺は死ぬ間際に自分の意識をKyu-KyoKuのデジタル・トーキョーの片隅に押しやる時に、このマイナスの宇宙、潜象界に偶然入り込んでしまって、その仕組みがよくよくわかったんだけどよ。だったらこちらもそれを利用させてもらったってことだ」

兄の言葉と同時に、さまざまなイメージも送られてくるので、僕はそれがよく理解できた。彼ら一万人委員会の、この世界を独占するために行ってきた暴挙の数々を。

「おっと、怒るなよ？　怒りは愛ではない。だろ？」兄は戯《おど》けたように言う。

「言ったろ？　愛の祈りでないと意味がない。怒りは欠如への恐れから来るエゴイズムの意識だ。

そもそも奴らももっと大きな視点で言えば無知だったんだ。許してやれ。奴らは愛が足りなかったんだ。奴らこそ恐れがあるから独占しようと企んだんだ。お前はまだ知らなくていいが、肉体を卒業した後で、奴らの行いはきちんと清算される」

そこで空間がぐにゃりと歪んで、絵具の色がどす黒く変わった。多分、「清算」と呼ばれるものは、今の僕には理解できない何かなのだろう。

「さて、もう時間切れだ。時間のない世界だが、お前の周波数領域はもうここにはいられないレベルに低下している。イメージしろ、そして目を閉じて祈れ。彼女の幸せを祈れ。命をかけて集中しろ。彼女の幸福な姿を思い描け。他の思いを挟み込むな。すべてプログラミングされるからな」

兄に言われた通り、僕は目を閉じて、彼女が笑っているところを想像した。彼女が元気で、自然に囲まれて……。

「もっと切実に思え。繰り返し、繰り返し祈れ。その祈りが波となって解き放たれない限り、世界は今と大して変わらない。だから繰り返せ」

切実に……。僕は真剣にイメージする。彼女の幸福だけを祈る。漠然としているかもしれない。とにかく、彼女のことを思う。何度も何度も。

祈りは深くなり、イメージは手に触れることができそうなほど詳細で、草木の香りを確かに感じた。今、僕はプログラミングをしているのだろうか……。正直、よくわからない。

しかし、自分の中に光が溢れるのを感じた。それは最初は胸の真ん中あたりにあった小さな光だったが、どんどん大きくなって、やがて僕を包み込んだ。

光の中は圧倒的な安心感と至福に包まれている。目を閉じていたが、瞼の中に光が溢れていた。試しに薄目を開いてみたが、見えるものは瞼の中と変わらなかった。僕はただただ強烈な光の洪水の中にいて、自分の肉体がどこに在るのかわからなくなり、そのうち自分の存在そのものがどこに在るのかもわからなくなった。

先ほど垣間見た、無数の世界が見えた。可能性、と兄が呼んだ、プログラムの並行世界であり、泡の弾けたような無限の宇宙。さまざまな時間が存在し、さまざまな世界の僕がいる……。

そんなことを考えつつも、僕自身は光そのものになって、どこまでもどこまでも広がっていくような感覚になった。

しかしそれは分散するのではなく、一点に集まってもいた。つまり相反するエネルギーの両方が僕自身だった。もはや「僕」も「オレ」もなく、自分という概念が消滅していた。僕は宇宙そのものだった……。

真っ白い光が、少しずつ収まっていった。

そして闇が訪れた。

そこは闇ではなく「無」だった。闇が「在る」わけではない。つまり何も無いのだから、正確には闇という物体も状態もないが、それを闇として認識しただけだった。

認識したのは、誰だろう？

「すべてが無いのなら、すべてが在るのと同じことだ」と、その誰かが思った。

何も無いところに、直線的な幾何学模様が一瞬で広がり、〝僕〟の視界のすべてを埋め尽くした。そしてぼんやりとした光が広がった。

僕は椅子に座っていた。

床も壁も合成カーボンの無機質な素材。見慣れた質感だ。なぜなら僕の職場も同じ素材を使っているからだ。

しかしこの部屋には何もない。ただのだだっ広い空間の部屋で、真ん中に椅子が置かれていて、僕が一人で座っている。

僕はKyu-KyoKuの体験版プログラムを終えたその足で、新宿にある「Kyu-KyoKu・プロジェクト」の東京本部へやって来たのだ。

部屋にはデスクも家具らしきものもなければ、もちろん誰もいない。しかし、誰かが僕を見ているのは理解できる。壁には埋め込み式の監視カメラがいくつかあって、僕を観察している。

「もう何をやっても無駄だとわかったと理解したでしょう？　だからここに来て、顔を見て話をしませんか？」

僕は大きくも小さくもない声でそう話す。合成カーボンの壁は音をよく反射するので、何もない部屋で僕の声はよく響いた。

「……」

返事はない。しかし、聞いているのはわかっている。

「先ほど、入り口を守っていた警官達にも伝えましたし、増援に来た軍の人間にも伝えた通りです。

僕はあなた達〝委員会〟のことを知っています。Kyu-KyoKuのことも、その実態も。そしてあなた達が自然を愛する純粋な若者達を利用しようとしていることもわかっています。そして今後のシナリオのことも。

でも、それらはもはや僕にはどうでもよいことでもあるのです。ここは一つの可能性の世界ですから。

ただ、この世界に大きな影響力を持つあなた達の代表の方と、一度話をしたいのです」

僕は先ほどと同じトーンで、冷静に話した。

しかし、返事はない。耳を澄ませるが、声どころか物音一つ聞こえない。ここはとても静かな場所なのだ。

通常ならいくら政府関連の職員でも、プログラムなどに関わる事務所とサーバーが設置してある地下11階までしか行けない。なぜなら、下層部は政府の運営に関わる一部の政治家や官僚しか立ち入れない場所だからだ。

僕はここまで〝虚無〟を拡大させながら、この最下層の地下22階までやってきた。いや、拡大という言い方より、兄の言葉で言うのなら〝ばら撒きながらやってきた〟と言うべきだろうか？

僕が〝いらない〟と思うものは、存在がどんどん消えていった。この部屋にも、さっきまでは色んなものがあったり、人もいた。

人の中には銃弾を発射した兵士たちもいたが、それらはすぐに虚無に飲み込まれた。弾丸も、それを放った兵士たちも。

（消えてしまえばいい）

そう、僕はこの世界の「破壊神」だった。

＊

「お行き！　あんたに任せるよ！」

マキさんが、虚無の穴だらけになったジャンク街から出ていく僕に言った言葉を思い出す。

「この世界はどっちにしろ凍え死ぬしかないかもしれない。だったら最後にあんたが奴らにギャフンと言わせてくれれば、あたしゃそれでせいせいするさ！」

僕自身は復讐したいわけではない。僕の中にある怒りは、あの時にほとんどが弾けてしまったし、そもそも、誰かに対して怒っているわけではなかった。

ただ最後に、彼らの話を聞いてみたいと思ったのだ。彼らにも〝可能性〟を残したいと。

この世界にカオルコはいなかった。どこにもいなかった。カオルコという人間の存在がなかった。そして僕自身も、カオルコの顔がわからなかった。苗字も、住んでいた場所もわからない。ただ「いた」ということだけがわかる。

自分にとって、とても大切な人がいた、ということが、頭の記憶ではなく、感触として覚えている。

記憶はとても曖昧だ。ここではない、どこか遠い所で、重要な事柄を取り決め、僕は自らの意思で選択をしたはずだった。

しかしどうやら僕は、今まで生きていた世界とは別の世界に生きているようだった。

僕は今、カオルコのいない世界を観察し、体験している。どうしてこんなことになったのだろう?

僕にとってこの世界は、自分が参加していない、他人だけの運動会のようにしか思えなくなってしまった。だからKyu-KyoKuも、この現実と呼ばれる世界も、大した違いはない。

消す、というのは、ただこの世界が発生する前の虚数に還すということだ。観察した対象をマイナスの宇宙に投げ込むだけで、それはこの世界での存在を失う。それは「死」でもなければ、消滅でもなく、ただ一つの仮想現実での可能性が、泡が弾けるように消えただけだ。

＊

「一体、あなたは何が望みですか?」

考え事をしていると、声が返ってきた。僕は天井を見上げる。埋め込み型のスピーカーがあるのだろうか？　とにかく真上から音が聞こえ、部屋に響く。

（望み？）そんなものは、ない。しかし、あるとすれば……。

「さっきも言った通りです。ただ、あなた達と話をしてみたい。ほんの好奇心です。それだけです」

僕がそう答えると、スピーカーの向こうの声は黙った。

彼らは一人ではない。いや、今の声の主は、ただの代理人のような、もしくは組織の下っ端だということが、声の奥にある波長のようなものから理解できる。今、彼、もしくは彼らはもっと上層部と意見を交わしているのをはっきりと思念で感じる。その上層部は日本にはいない。

（なぜそんなことがわかるのか？　さあ……とにかく、ただわかってしまうのだ。そして、それはどうでもよいことだった）

この世界の有り様は、僕がジャンク街の地下、マキさんの部屋の煙が立ちこめる部屋で深い瞑想から目醒める前と、ほとんど何も変わっていない。僕は何を祈り、創造しようとしたのだろう？　今となってはまるでわからない。記憶が曖昧なのだ。ただ僕は一人の女性の幸せを願っていた……。

そうだ、カオルコだ。ああ、気を抜くと忘れてしまいそうなのだ。自分の思考が、記憶が、虚無に飲まれる……。

彼女のいない世界。僕が別の世界を作ってしまったのか？　それともまったく予期しない可能性の世界にやって来てしまったのか？

僕は座りながら、そんなことを考えていたら、胸の奥から背中にかけて嫌悪感を覚えた。これは「敵意」の思考であり、攻撃的な意思だと理解できた。

僕はため息交じりに言った。

「僕を攻撃しようとしても無駄だと、先ほど十分わかったはずです。それなのに、あなた達はまたあれこれと画策している。あなた達が暴力的な方法を行使するつもりなら、僕ももう少し乱暴な手段を使います」

僕は目の前の壁を〝消した〟。狙った場所を、虚無の空間に投げ込む、という感じかもしれない。しかし、壁は分厚かった。50センチほど消したが、まだ壁だったので、僕はさらに壁をえぐってみた。すると、すぐに穴が空き、隣の部屋の空間と繋がった。

完全武装した兵隊達と、司令官のような男がいて、どよめいていた。声は出さなかったが、彼らが後ずさる際に立てるブーツの音や、銃火器がぶつかり合う鈍い金属音が鳴った。

「わ、わかりました。交渉しましょう！　今から、幹部の人間がやってきます」

スピーカーの声の主は慌ててそう言った。

壁の向こうに見えている軍隊の関係者ではなさそうだ。

「わかりました。でも今話している人。あなた。とりあえずここに来てください。まず、あなたと僕で話しましょう」

僕がそう提案すると、

「いや、私には何も権限がないのです。私と話してもあなたの要求に対して……」

「あなたは勘違いをしています」と僕はスピーカーの声を遮って話した。

「僕が今している要求は、あなたとの対話だ。顔を見て話し合うことが要求です。幹部の人とやらがいらっしゃるまで、僕と話をしましょう」

「……」

喋らない、のではなく、声が詰まったのを感じた。怯えて、恐れているのがひしひしと伝わる。

軍隊の人間達の中にも、怯えている人たちが多数いるが、中には攻撃的なものを放つ男達もいる。これだけ見せても、まだ何が起きているのかを理解できない、哀れな人々。

僕は向こうをもっと見やすくするために、壁の穴をさらに広げた。

一瞬、真っ黒な空間が広がり、すぐにそこは何もない空間となる。空気も全てが虚無に還るので、一瞬だが真空が生まれるのだろう、部屋には風が起きる。

軍の人間達がまた大きくどよめき、最前列にいた兵士たちが後ろによろめくように数歩下がる。

壁の風通しが良くなったので、奥までよく見える。スピーカーの声の主の男が、部屋の奥で怯えているのが見えた。僕はこれ以上彼を怯えさせるのが気の毒になった。

「わかりました。待ちましょう。僕はあなたをいじめたいわけではない」

と伝え、椅子に座ったまま目を閉じた。気だるい眠気が全身を襲う。意識は覚醒しているのに、脳のどこかが休息を求めている。僕は起きながら眠ることにした。自分でもよくわからないが、なぜかそういうことができるのだ。

何かを失ったような、何かを求めているような、気だるい喪失感に包まれていた。僕がさっきまで何を求めていたのか、誰を探していたのか、それもわからなくなった。

光は、真っ暗な世界を切り裂くように、細長い形状で広がった。

光が見える前は、真っ暗だった。何も無かった。

(僕は誰だっけ？　この世界はなんだろう？)

そう思ったと同時に、目の前に猫がいた。不思議そうな顔をして僕のことを見つめている。猫の目は瞳孔が閉じて、細長い黒目をしている。さっき見た細長い光は、この猫の目の形をしている。

一瞬、ここがどこかわからなかった。いや、この意味がわからなかった。

自分がここにいる意味。存在する意味。この世界の意味。

「風次さん？」

少し離れたところから声が聞こえた。

それと同時に、猫は僕の目の前から身軽に飛び降りて視界から消えた。

「ぐっすり寝ていましたね？　大丈夫ですか？　全然目を醒まされる様子がなかったので勝手に待たせていただいてました」

担当編集者の岸田薫子《カオルコ》がリビングの椅子に座り、足元に擦り寄ってきた我が家の茶トラの雄猫〝風太〟の背中を撫でながら、心配そうな顔で僕に尋ねた。

「どうかしました？　私の顔に何かついてます？」

彼女はそう言って自分の顔を触る。

「いや……」

一瞬、彼女がどこか遠い世界の人のような、そんな不思議な感覚になった。もう長年僕の連載を担当している編集者だというのに。

「ああ……、来ていたんですね？　すいません、昨日もあまり寝てなくて」

そうだ。僕はまた昨夜原稿を仕上げるために徹夜して、朝方に猫の餌を与えてから、ソファで休んでいたら、そのまま眠っていたのだ。

「無理はしないでください、って言いたいところですけど、締め切りが過ぎてますからね……。でも、体壊したら大変ですよ？」

薫子は心配そうな顔をして言うが、漫画家の常だ。締め切りと納品に追われて、ずっと連載を続けている。

「で、どうですか？　進捗の方は？」

彼女が尋ねる。猫の風太は気持ちよさそうに喉をゴロゴロと鳴らしている。

僕は作業机に戻り、書き上がったばかりの原稿のネームの束をまとめる。

「ペン入れは終わってます」

「いよいよ山場ですね！　読者は楽しみにしています。ついに闇の組織〝一万人委員会〟との戦いが始まる！」

薫子が心からウキウキした様子でネームを受け取る。

「え～と……。『僕はあなたたちの作った世界に興味はない』」

彼女はいつものように、作品のセリフを声に出して読み上げる。

「『……本当はあなた達を問いただしたり、もしくは、あなた達の存在を消すことも考えた。しかし、今となってはもう僕はこの世界に興味がない』」

そしてじっくりと、描いた絵を隅々まで眺める。編集者として、彼女は厳しくチェックする。そしてまた音読を始める。

「『今僕は間違った世界にいるような気がするんです。だからもう一度マイナスの宇宙に入ってしまおうと思ってる。そのためには自分そのものを虚無にしてしまう。ただ、その前にこの並行世界をどうするか迷っているのです。

Kyu-KyoKuは残します。もちろんじわじわとKYOMUに飲み込まれていくかもしれないし、ひょっとしたらそうじゃない世界線もあるかもしれない……』」

「究……、極……」

僕はふと、つぶやいてしまう。究……、極……。

「どうかしました?」

彼女は原稿から顔を上げて僕に尋ねる。

「いや、なんだろう……。ずっとKyu-KyoKuの事を書いてきたはずなのに、なんだか不思議な感じがして……」

猫の風太がやってきて、僕の足に頬を擦り寄せる。僕は猫を抱え上げる。

Kyu-KyoKuというバーチャル世界に人々の魂を閉じ込め、世界を支配する秘密組織『一万人委員会』と対峙する主人公のフータは、この猫から取った名前だった。

「『……だけど、あなた達がすべてをコントロールしているなんて思わない方がいい』」

薫子は再び、フータのセリフを読み上げる。

「『それはいささか横暴であり、人道に反しています。フレンズのこともそうです。地球環境がどんな風になろうと、それでも生きていく人はいるし、協力し合えばもっと大勢が生き残る道があるはずです。あなた達だけが助かろうとするのなら、僕もあなた達と同様に、あなたたちに対して横暴で、人道や倫理に反することだとしても、それを行使することをためらいはしません』」

彼女は頷きながら、じっくりとネームを読み、ページめくる。しばらくはセリフのないシーンが続く。彼らは結局主人公フータに攻撃を仕掛けるのだ。

「彼らはすべて虚無に帰す……」

彼女は原稿を閉じて、セリフではない、彼女の意見なのか感想なのか、独り言のようにつぶやいた。

「はい。今後のシナリオは、フータは実像の世界と虚無の世界の中間の、虚数の世界。マイナスの宇宙へ入ります。そこで最終的にすべてを知り、宇宙と一体化する。そして一万人委員会など存在しないタイムラインを生きることになります。フータという人格も変わり、違う世界線で、恋人のユナと、ようやく幸せに結ばれます」

「ハッピーエンドがいいですね。読者はそれを望んでいると思います。夢がないと、最後に救われないですもんね。それにしても、この物語のラストはどんどん哲学的というか、壮大なスピリチュアルなお話になりましたね……。だってつまり、自分がこの世界の創造主になるなんて……」

彼女は天井を見上げ、目を閉じる。頭の中であれこれイメージしているのだろう。

「読者がついてこられるかしら?」

それについて僕は何も答えられない。読者のために書いているわけではなく、この物語はすでに〝在る〟のだ。僕はそれを絵と文章に変換しているだけだ。これを読んだ人がどう思うかなんてことまで責任は持てない。もちろん、編集者がNOと言うのなら多少は考慮はするだろうけど……。

「ところで」

薫子はパッと目を見開き、「風次さんのアバターはどうなったんですか?」と僕に尋ねる。

「アバター? ああ、ゲームプログラマーの〝雷神〟のことですか?」

僕は作中に、フータに秘密の情報を授ける『雷神』という名の、バーチャル世界の意識体になった人物を作った。

僕は漫画家、アニメーション作家〝風神〟というペンネームで活動している。もちろん、本名の風次が由来だ。

多くの読者や、編集者の薫子も、登場人物の〝雷神〟を、作者のアバターと呼んでいる。そして、それはあながち間違いではない。

「彼こそが、破壊神です。世界を破壊し、無に戻す。そしてフータは創造主であり、二人は表裏一体なんです。そして彼は僕自身であると同時に、これを読む読者一人一人でもあるんです」

僕はそう説明したけど、薫子は「うーん」と、首を捻った。ちょっとわかりづらかったかもしれない。

人間は、創造と破壊を繰り返しながら、世界をアップデートしていく。きっと、この宇宙全て、そういうシステムになっている。破壊と創造は合わせて一つ。

僕はそんなことを説明してみた。

「なるほど……、アップデートか……」

薫子はぶつぶつ呟きながらこちらに歩み寄り、身を少し屈めて僕の腕に抱えられた猫の頭を撫でる。

「世界は破壊と創造による収縮と膨張。でも、なんでそんなことが起こるんですか？」

「なんでって？」

「いや、素朴な疑問です。破壊と創造という運動というか、その仕組みを神様がやってるとしたら、何で神様はそんな世界を創ったのか？」

アップデートの原動力や意図は何か？　ということか……。

それは僕の中で答えは出ている。それは可能性という〝愛〟だ。

「さあ、なんででしょうね？　神様の暇つぶしかもしれませんよ？　やることないから、毎回作って成長させ、そしてまた壊して、楽しんでいるのかもしれない」

だけど僕は自分の口から〝愛〟なんて言葉を言いたくはないので、答えははぐらかす。

だって愛は、言葉にしてしまったら、それは愛ではないものになってしまうのだ。

「もう、何ですか？　それ」薫子は呆れたように笑う。

「まあ、とにかくあとはトーンを張るだけですね。夕方に終わりますか？　また後で誰かに原稿取りに来させます。てゆうか次の連載こそアシスタント雇ってくださいね！」

僕は全部一人で作業するので、いつも薫子からアシスタントに小さい作業をやらせろと言われるが、どうも一人でコツコツやるのが性に合っている。

「はい、夕方には終わらせますよ。アシスタントの件は、また考えます」

僕は猫を床に下ろしてそう答える。

「あら、こんな時間！　打ち合わせに遅れちゃう！　じゃあまた！」

薫子はそう言って、椅子に置いてあったバッグと上着を抱える。彼女はそんな時にもいつも楽しそうだ。彼女が担当の編集者でよかったと思う瞬間の一つだ。

僕は慌ただしく出ていく薫子を見送ると、なんだか切ないような、でもほっとしたような奇妙な気持ちになったことに気づいた。まるで、主人公フータが、恋人の幸せを祈り、新たな世界を見届けたときのように……。

（ふう、ストーリーに入りすぎたか……）

よくあることだ。一旦気を取り直すために、コーヒーでも飲もう。僕はキッチンへ行く。猫の風太はさっき食べたばかりだというのに、また餌でももらえるのかと思ったのか、僕の後についてくる。

ケトルで湯を沸かしながら、先ほどの続きを考える。

世界のシステムは〝愛〟だと僕は言葉で言えない。だから物語がある。愛は伝えるものではなく、表現〝される〟ものであり、それは知識で理解され、記憶されるものではなく、リアルタイムで〝感じる〟ものだ。

つまり僕が物語を創ったのではなく、世界に普遍的に存在する愛という広大な海から、一部分の可能性を切り取り、リアルタイムで感じられるように物語として提示しただけ。ただ僕と読者はその可能性という〝愛〟を共有することができる。言葉を超えたところで。

そして可能性を選択できる世界こそが、我々が人生と呼ぶものでもあり、愛を感じるためのツールなのだ。

(じゃあ、その愛そのものを作ったのは?)

コーヒー豆をミルにセットし、豆を挽きながらそんなことを自分に問いかけると、一瞬、豆を挽く手が止まる。

この答えは、まだ出ていない。ただ「愛には始まりも終わりもない」という、漠然としたヒントだけが用意されているだけだ。

僕はコーヒーの香りに包まれながら、頭を切り替え、今後のストーリーのエンディングの展開を頭の中でイメージする。まだ物語は続く。僕は彼らの世界を観察して、それを僕の世界で書き記す。一つの可能性として。
そして僕は、彼ら皆が幸せになるようにと、祈りながら見守っている。たとえ全てが虚無に包まれたとしても。

終わり

大島ケンスケ（おおしま・けんすけ）

１９７８年生まれ。北海道小樽市出身
作家、アーティスト、探求者
20代はシンガーソングライターを目指して活動するも、原因不明の呼吸不全とうつ病を発症、東洋思想、坐禅、ヒーリングなどの代替医療で回復するも人生を見直すことに。30代半ばには、家族と共に八ヶ岳山麓へ移住。文章執筆の傍ら、自然農法や登山など自然に触れて生活する。
その後の兄の突然死や家族関係の問題などを通して、心理学やスピリチュアリティについて学び、精神的な探求を深める。近年は、瞑想中の神秘体験をきっかけに瞑想会やセミナー活動を行う。またシンガーソングライターの活動にも再び力を入れ、「精神世界×音楽」の融合によって、観客の感性を揺さぶるイベントも好評を博している。
著書に『人生をひらく不思議な１００物語』（サンマーク出版）、『幸せになりたいの』（パブフル）がある。

KYOMU 虚無

初版1刷発行●2023年3月17日

著者　大島《おおしま》ケンスケ

発行者　小田実紀

発行所　株式会社Clover出版
〒101-0051
東京都千代田区神田神保町3丁目27番地8 三輪ビル5階
電話 03(6910)0605 FAX 03(6910)0606
http://cloverpub.jp

装丁　冨澤 崇(EBranch)

本文デザイン・組版　向井田 創

校正　あきやま貴子

編集協力　大江奈保子

編集　小田実紀

印刷所　日経印刷株式会社

ISBN978-4-86734-136-0 C0011

本書のご注文、内容に関するお問い合わせはClover出版あてにお願い申し上げます。